放課後図書室

麻沢 奏

STARTS
スターツ出版株式会社

高二になった。
学年が変わった。
クラスが変わった。
教室から見える景色が変わった。

――図書委員になった。

無表情で掴みどころのない早瀬(はやせ)君と私。

一学期間。
ふたりだけの。

放課後、図書室、カウンター係。

目次

放課後図書室

放課後図書室 1

図書係

「えー……高校二年生というのは、一番気の緩みやすい時期です。この一年をどう使うかで……」

四月。新しい教室で、担任になった先生の長話が続く。学年が上がり、クラスが変わり、教室から見える景色も変わった。でも、それらが変わっても、私にとってはとくに変わりはない。周りが変わるからといって、私が変わるわけではないし。

頬杖をつきながら視線だけ外の桜の木に移し、見頃も終わりだな、とぼんやりと思う。

「……で、美化委員の次は図書委員だな。立候補者はいないか？」

先生が次々と、クラスに二名ずつの委員を決めていく。

「いないなら、また先生が決めるぞー」

自分じゃありませんようにって、みんな面倒くさそうな顔をしている。私は図書委員なら、べつに当たってもいいかな。

「出席番号、男子は後ろから七番目な。女子は、前から七番目っと。えーと……」

先生が名簿に人差し指を走らせる。

「早瀬と楠原(くすはら)。はい、手挙げて」

楠原は私だ。当たってもいいかなと思っていてビンゴだったから、少し驚いた。頭と同じ高さくらいまで手を挙げる。

「よろしくな」

手を下ろすと、斜め三つ前の男子も手をゆっくり下ろした。

早瀬くん……か。彼の座っている後ろ姿を見ながら、そっか、早瀬くんと一緒なのか、とぼんやり思う。

「じゃあ、次は文化委員。立候補者は……」

そうして、流れるように委員決めが続いていった。


カキーンとグラウンドから聞こえる、ボールがバットに当たる小気味よい音。砂と一緒にボールを蹴(け)る乾いた音。大勢で走る靴音と、かけ声。音楽室から聞こえるトロンボーンの間の抜けた音。いろんな音が一緒くたに耳に入ってくる中。

パラリ……。

この図書室には、本のページを一枚めくる音が、こんなにも響く。

二週間前、図書委員全体の集まりがあった。昼休みと放課後の、図書室のカウンター係を決めるための集まりだ。けれども、三年生は受験生なので、係は免除。一年生は全員、それぞれ希望の部活に仮入部中。そして、他の二年生はみんな、部活に入っているか、塾に通っている人達ばかりだった。

私は、部活に入っていない。中学の時は陸上部だったけれど、膝を痛めてからは走っていない。だから、必然的に彼らは昼休みを交代で担当し、毎日放課後に係をするのは私になった。

……もとい、私ともうひとり、同じクラスの早瀬くん。

「………」

ちらりと横目で彼の様子をうかがう。係が始まってからの放課後毎日、隣で本を読んでいる。早瀬くんは、部活に入っていないのだろうか。確認したわけじゃないけれど、平日の放課後が空いてるってことは、そういうことなんだろう。放課後の図書室なんて、自習しにくる人が二、三人いるくらい。たまに本を借りたり返したりする人が来るけれど、基本、暇だ。

またパラリと、ページをめくる音が耳に障る。

私も無口だけれど、彼も負けず劣らず寡黙な人だ。時折、盗み見るように横顔を見ると、目にかかりそうな前髪、スッとした目鼻立ちに、キレイな形の唇。まるで彫刻のように見えてしまうほど、それらが微動だにしない。

そんな早瀬くんと、二週間まったく言葉を交わさぬまま今に至る。委員の仕事は一学期間。ずっと、これが続くのかと思い、私は聞こえないようにため息を吐いた。

図書室には、大きな窓を背にしたカウンター。その前に本棚が整然と並び、一番奥に椅子と机が並べられている読書兼自習スペースがある。若干古いけれど、それゆえに静かで厳かな雰囲気が漂い、本に没頭したり集中したりするには最適な場所だ。まぁ、利用者が少ないということも、理由のひとつだけれど。だから最初は、ここでなら自分の好きな本を読んだり、いつも帰ってやっていた宿題や勉強をしたりすることができる、と思った。

でも、隣に人がいるというだけで、その集中力は半減してしまう。本特有の、あの、なんとも言えない知的な香りに包まれながら自分の世界に浸りたい、という私の静かな野望は、どうやら隣の人のせいで叶いそうにない。数学の宿題をしながらも、隣で本のページをめくるその音が、気になって仕方なかった。

パキッ。カチカチカチ。

あぁ、また折っちゃった、芯。

カチカチカチカチカチと何度もシャープペンシルの頭を押すが、芯が出てこない。ペンケースからHBの芯を取り出そうとするも、なかなか見つけ出せずにガサゴソと音だけが響き、私は焦りだした。

「……はい」

目の前で、チャッ、と芯ケースの中の芯達が整列して音を立てた。早瀬くんが目線は本に落としたまま、手だけをこちらに差しだしている。

「あ……ありがと」

その手から芯ケースを受け取った。久しぶりに出した私の声は、少しかすれていた。二、三本ほしかったけれど、なんとなく一本だけ取って、渡された時のまま浮いている手のひらにそっと返す。

「ありがとう」

再度、お礼を言うと、

「一本って」

またすぐに切れるよ、と続くかのように、早瀬くんは薄く笑ったような表情でポソリと言った。

「………」

カチカチと音を立て、なぜか急いで芯を入れる。シャーペンの先からほどよく出てきた芯を見て、私はすぐに数学の宿題を再開した。

「カウンターでするんだ？　宿題」

姿勢と顔の向きは読書中のまま、今度は視線だけを私に向けた早瀬くん。

「あ……ごめん」

なぜか怒られているような気がして、私は咄嗟に謝った。

「いや。カウンター高いから、やりづらそうって思っただけ」

「あぁ……」

とくに会話は続かず、私は相づちを打ち、またノートに目を移す。座っているパイプ椅子が、ギッと軋んだ音を立てた。

「………」

会話をほんの少しでもすると、沈黙が今まで以上に重くなるのはなぜだろう。たしかにカウンターが高くてやりづらいよ、って今さら答えるのも、なんだか違う気がした。

なにか話したほうがいいかな。話題……なにか話題になるものは……。あ。

「……その本の犯人」

「え？」

「父親だよ」

「………」

ひと際外れたトランペットの音を皮切りに、吹奏楽部の合奏の練習が始まった。それと同時に、早瀬くんが無表情のままで固まった。

早瀬くん

「楠原さん、こっちで一緒に食べようよ」

「そうだよ。ひとりとか寂しいよ。ほら、こっち来て来て」

「あ……ありがと」

　ギギギ、と机を引きずってくっつける。

　昼食時間、クラスの女の子ふたりが、ひとりでお弁当を食べる私を見かねて誘ってくれた。たしか、牧野(まきの)さんと深沢(ふかざわ)さんだ。

「でね、タバちゃんがね、その時……。あ、タバちゃんていうのは、うちらの中学校の時の友達で、今、S高行ってて……」

　一生懸命、私を会話に入れてくれようとするふたり。一年の時も入学してすぐに、こんなことがあったっけ。でも、正直言ってそんな話には全然興味がない。だからといって、他に共通の話題もないのだけれど。

「へぇ……そうなんだぁ」

　私は、うまく笑顔がつくれているのだろうか。

　一年前はこれで失敗して、結局、話に乗ってこない〝ツマラナイ人〟ってレッテルを貼られた。私に話を振ってもおもしろくないってことで、グループの輪の中にいても積極的に話しかけてくる子はいなかった。だから、相づち、相づち、相づち。ひたすら相づち。

「それがさー、浩太に電話してもなかなかつながらなくって、マジ……あ、楠原さん、浩太っていうのは私の彼で……」

牧野さん、いちいち説明ありがとう。女ってホント、自分の話ばかりする。話を聞いているフリをして、もうひとりは次に自分の話をいつしようかと、会話の切れ目を探っている。なんて無意味で、実りのない無駄な時間なんだろう。同じ中学の子達がこの高校にたくさんいたら、もっと違っていたのかな。

……違わないか。結局、中学の時も、上辺だけの友達しかいなかった。一緒にいて、心から楽しいと思える瞬間もなかった。同じグループに属しているという、ただそれだけの薄い関係。気持ちが通じ合わない友達も、下手な相づちばかり打つ自分も、今も昔も、なにも変わらない。

図書室のカウンター。パイプ椅子を開く音が小さく響き、私よりも数分遅れてきた早瀬くんが、今日も隣に座る。いつもどおり、互いに無言。彼は本を開き、私は古文の訳をノートに書く。私達の間の距離は、パイプ椅子二脚分くらい。

「…………」

あ、昨日の本と違うの読んでる。そう思ったけれど、言えなかった。だって、私が思わず犯人言っちゃったから。わざとじゃなかったにしろ、バツが悪い。

「あいさつくらい、しない？」

「え？」

急に話しかけられて、ビクリと肩を上げる。

「一応。人として」

今さら？　すでに、二週間も経っているのに？　なんか変な感じだけど、ここは言わなきゃいけないところなのだろうか。

「……こ……こんにちは」

そう言うと、組んだ足の膝に頬杖をついていた早瀬くんが固まった。

「や、ここは普通、〝お疲れ〟とかじゃない？　クラスメイトなんだし」

今さら〝こんにちは〟って、と、早瀬くんは笑いをこらえきれないのか、反対方向を向きながら肩を揺らす。私はわざと咳払いをして、恥ずかしいからそれ以上、なにも言わなかった。

しばらくすると、また早瀬くんがページをめくる音が聞こえはじめる。

あぁ、やっぱり耳に障る。集中できない。

二十分くらいして、私は勉強道具を片付け、カバンに入れた。早瀬くんに横目でチラリと見られた気がしたけれど、彼は気にせず読書を続けているみたいだ。早瀬くんの後ろをなんとか擦り抜け、カウンターから出て、本を選びに行くことにした。

手前から二列目、ミステリーの文庫が並ぶ本棚を見て歩く。早瀬くんも同じ系統の本をよく読んでいるみたいだけれど、私も推理小説が好きだ。まだ読んだことがなくておもしろそうな本を、指を本の背に当てながらゆっくりと探す。

うちの高校の図書室は床が木で、歩くたびに、ギ、ギ……と軋む音が出る。そんな音すら、室内に響く。グラウンドや音楽室から聞こえてくる音や声。それらが響けば響くほど、図書室の静けさが一層際立つ。

途中、棚の隙間で将棋倒しになっている本を見つけたので、整えた。本を並べてできた、長方形の空間。ちょうど一列先の棚にも隙間があって、その間からカウンターが見えた。本を読んでいる早瀬くんの、肩から上だけが目に入る。

「…………」

ハハ。たしかに、カウンター高いよね。あそこで勉強してるなんて、そりゃ、滑稽だ。そう思って、ふっと鼻で笑う。

カウンターの後ろにある窓から射す夕日で、早瀬くんが影になっている。首が疲れたのか、早瀬くんはふいに顔を上げた。首の後ろに手を当てて、二、三回ポキポキと鳴らす。

変わったな……早瀬くん。背が高くなった。肩が広くなった。首が太くなった。声が低くなった。本を持つ手が大きくなった。

しみじみと思い出すのは、中学二年生だった時の早瀬くん。……彼と私は、同じ中学校だった。


本を選んで戻ると、さっきよりも椅子を後ろに引いていた早瀬くんがすぐに気付き、

「あ、悪い」

と言って、前にずらして隙間をつくってくれた。「ありがとう」と返した私の声は、自分で思ったよりも小さかった。なんとなく感じる空気の重さにうつむいたまま座り、表紙をめくる。

「それの犯人、主人公の恋人」

早瀬くんの言葉に、本を持つ手も、その場の空気も、一瞬固まる。

「…………」

えーと……。

でも、なんか悔しくて、私は無理に読み進めようと、もう一ページめくって目次を開けた。

「ぶっ」

　クックックッと、普段、無表情な早瀬くんが笑う。私は、そのことで一気に真っ赤になってしまった。

「図書室では、しっ、静かに」

「ハハッ。楠原っておもしろい」

「………………」

〝楠原〟……。中学から思い返してみても、名前を呼ばれたのは今が初めてだ。

「すみませーん、この本、返却したいんですけど」

　急にかけられた声に顔を上げると、一年生のバッジを付けた女の子が、カウンターの上に本を置いていた。まったく気が付かなかった。

「あ、すみません。は、はい。返却オッケーです」

　私は慌てて返却の印鑑を押して、本を受け取った。女の子が意味深な顔で私をちらっと見て、図書室から出ていく。

「………………」

　ん？

　なんとなく覚えた違和感に、そろりと早瀬くんの方に顔を向ける。

「あれ？　彼女？　もしかして」

「いや」

「……そっか」

「この前、告られたけど」

手元に戻しかけた視線をまた早瀬くんに向ける。彼は、しれっとしていた。

「…………」

ふーん……モテるんだ。まぁ、たしかに、整った顔をしてるとは思うけど。

「楠原は？」

「え？」

「いるの？　彼氏」

「いや、いないよ」

「ふーん」

ふーん……って。

高校二年生。一番楽しくて、一番はしゃげて、一番青春を謳歌する時期。だけど、私と早瀬くんは、こんなにも静かな図書室で、こんなにも地味に、もくもくもくもく……読書。変なの。

元カレ

「楠原さんさー、彼氏とかいるの？」

休み時間に、牧野さんと深沢さんが私の机の所に来た。お昼を一緒に食べだしてから、ちょくちょく絡んでくるふたり。

「い、ない、けど……」

そうなんだー、って、さほど驚いていない顔でふたりは頷く。

「じゃあさ、今までに、何人付き合ったことあるの？」

なんか、イヤだ。そんなの、そこまで親しくなっていない人に、なんで答えなきゃいけないのだろうか？

「いないよ。ひとりも」

「えぇっ！　もしかして、彼氏いない歴十七年とか？」

「マジで？」

ちょっとは気を遣ったのか、少し小声。そういう質問をすること自体、気を遣っていないけれど。

「うん、次の誕生日で十七年。ハハ」

なんで私、笑ってるんだろ。

「楠原さん、かわいいのに。元はいいのに、なんでだろうね」

下手なお世辞とかいいのに。『元はいい』って、褒め言葉として微妙だし。この人達、私と友達になりたいの？　なりたくないの？　なんなんだろう、ホント。面倒くさいし、ほっといてほしい。

「彼氏いない歴十七年？」

放課後、図書室のカウンターの中で、早瀬くんがボソリと言った。牧野さんたちとの会話を聞いていたらしい。

「うん」

「……ふーん」

「なに？」

「なにも」

パラリと音を立て、早瀬くんはいつものように本を読みだす。プォーンと、いつものように下手なトロンボーンの個人練習の音が聞こえてきた。

私は、今日習った数学の授業の復習をすることにした。よく分からなかったからだ。シャーペンで頭を掻きながら、授業でやったのと同じ問題を解き直してみる。

「………」

やっぱり分からない。隣から聞こえるページをめくる音で、集中もできないし。

「微積？　今日習ったとこ？」

頭を抱えていると、早瀬くんがふいに覗きこんで聞いてきた。私は驚いたのを気取られないように、

「あー……うん」

と、わざと間延びした返事をする。

「難しい？」

「うん」

私にとっては。

「ふーん……」

早瀬くんはそれだけ言って、また本に視線を戻した。私はその様子を唖然として眺める。

なに？　教えてくれる流れじゃなかったの？　今。

「………」

早瀬くんは、頭がいい。テスト後に毎回成績優秀者が貼りだされるけれど、ひと学年約二百五十人中、いつもトップ五には入っている。私も悪いほうじゃないけれど、

せいぜい三十位くらいを行ったり来たりだ。

「お、教えてほしいんだけど……」

こんな頭のいい人に教えてもらえるチャンスはないかもしれないと、恥を忍んで思いきって聞いてみる。早瀬くんはチラリと私を見て、

「いいよ」

と答えた。心なしか、笑いながら言ったように見えた。

座っている私の横で、中腰で身を乗りだした早瀬くんが、人差し指で説明してくれる。とても細かくて、分かりやすい説明だ。けれども私は、距離が異様に近いような気がして、あまり頭に入ってこなかった。

早瀬くんがつくった影の中にすっぽり収まっていることが、なぜか恥ずかしい。早瀬くんのシャツの柔軟剤のいい匂いと、ときどき上下する喉仏と、筋ばった大きな手と指が気になって仕方ない。変な汗を掻いて、それがまた恥ずかしさを助長させる。

頼まなきゃよかったかもしれない。

「じゃ、解いてみて」

ふいに、早瀬くんの視線が教科書から私の目に移る。ドキリとした。見ていたことを気付かれたかもしれないと、心拍数が上がる。当然、緊張と理解不足のせいで、私の手は止まってしまった。

「ここは、さっき言ったように、こうして……」

そんな私を別段とがめることもなく、早瀬くんは丁寧(ていねい)にまた説明を繰り返した。動く指先、少し深爪だけどキレイだ。またそんなことを考えてしまって、私は努めて邪念を振り払い、勉強に徹した。

「頭、いいよね」

なんとか問題を解き終えた私は、お礼がてら付け加える。

「そうだね」

私の褒め言葉をありのまま受け入れる、ステキな早瀬くん。言われ慣れているみたいだ。少し小憎たらしい。

ギッ、と早瀬くんのパイプ椅子が音を立てる。早瀬くんは後ろに体重をかけて足を組み、こちらを見た。

「走らないの？　もう」

「え？」

急に、なんの話？

「長距離。速かったじゃん」

……あぁ。部活のこと。中学の頃のことか。

「膝、故障したからね」

「知ってるけど。走らないの？　もう」

「……うん」

膝痛めたって言ったじゃん。そんなに何度も聞かなくてもいいのに。

「ふーん」

早瀬くんは遠い目をして、顎を上げる。

「早瀬くんは？　サッカーしてたよね。部活入ってないの？」

たしか、サッカーがうまかったはずだ。

「サッカー部には入ってないけど、クラブチームには入ってる。土日に練習」

「なんで、部に入らないの？」

「だって俺、美術部だし」

「え？　そうなの？」

「うん」

そういえば中学の時、美術部はなかったけれど、グラウンド脇で油絵を描いている早瀬くんを見たことがある。今、思い出した。

「笑わないんだね」

「え？」

「男なのに絵かよ、って」

「なんで？」

「いや」

早瀬くんはふっと笑った。頭もよくて、スポーツもできて、絵も上手で、逆にうらやましいくらいだ。

「絵、上手だったもんね」

「よく知ってるね」

またしても褒め言葉に表情をまったく変えず、私を見る早瀬くん。

「まぁ……うん」

少し恥ずかしくなって、私は目を逸らした。そして、なんとか自然に話を広げようと、

「あれ？　でも、放課後、部活行かなくていいの？」

と尋ねる。

「今、家で描いてる」

「そうなんだ」

「あのさ」

早瀬くんがそう言いながらも視線を本に戻した。本を読みたいなら、会話なんて続けなくてもいいのに。

「なに？」

「記憶違いだったら悪いんだけど」

「うん」

「俺達、付き合ってた？」

「…………」

会話のテンポが止まった。私は二度ほど瞬きをして、その言葉を自分に落としこむように、ゆっくりと生唾を飲んだ。普通に考えると、この質問はおかしい。間違いなく、おかしい。

「……うん。……た、多分……」

それでも私は、若干うつむきがちに、そう答えた。この答え方も、十分おかしいけれど。

「ふーん……」

「…………」

「彼氏いない歴十七年？」

とても落ち着いた静かなトーンだけれど、試すような口調で問いかけてくる早瀬くん。私の心中は、ひどく狼狽していた。パクパクと口を開け閉めした後で、ようやく、

「……だって、あれは」

と声を出す。

私達は、中二の頃、付き合っていた。……ということになっている。デートしたことも、一緒に帰ったことも、しゃべったことすらないのだけれど。

同級生だった友達の京子ちゃんが、勝手に早瀬くんに私の好意を伝え、早瀬くんがＯＫした。普通なら、ここからお付き合いが始まる。でも、奥手で引っこみ思案だった中二の私は、自分から早瀬くんに話しかけることをしなかった。早瀬くんも、なにも言ってこなかった。

早瀬くんのことを、もともと本当に好きだったのかは……実のところ、分からない。京子ちゃんに聞かれて、なんか好きな人がいないといけないのかな、みたいな気がして、しゃべったこともない早瀬くんの名前を挙げた。サッカーも上手だし、頭もいいし、ちょっとかっこいいな、くらいだったんだと思う。

そんな人と、思いがけず付き合うことになっても、もともと男子とまったくしゃべることのなかった私が、自分からアクションを起こすなんて、到底無理な話だった。あのふたり付き合ってるらしいよ、ってウワサだけが先走りして、当人同士は一度もしゃべることがなかった。恥ずかしかった。からかわれたり、肘で小突かれたりすればするほど、話すタイミングが分からなくなり、勇気がなくなっていった。ありえないけれど、本当の話だ。

しばらくしたら、ウワサも薄れていった。京子ちゃんも、私のあまりのおとなしさに、半ば呆れていた。勝手に言ったのは、京子ちゃんなのに。告白してきて、とか頼んでいないのに。

「楠原さ、俺のこと、からかってたの？」

「ちがっ……」

思わず立ちあがってしまったことで、ガタンと椅子の音が響いた。早瀬くんに見上げられて急に恥ずかしくなり、私はそのまま座り直す。

「違うよ。は、恥ずかしくて……恥ずかしかったんだよ。あの頃は」

「ふーん」

「早瀬くんだって、なにも話しかけてこなかったし」

「……『恥ずかしかったんだよ。あの頃は』」

「…………」

私の言葉を繰り返した早瀬くんは、あまりにも落ち着いていて、なんだか動揺した私がバカみたいだった。

グラウンドで、野球部の誰かが監督に大きな声で怒鳴られているのが聞こえる。そんなこととまったく関係なく、図書室は相変わらず静かだ。私と早瀬くんの小さな声の会話が途切れたら、時計の秒針の音しか聞こえなくなる。本を這う小さな虫の足音さえも聞こえてきそうだ。

今となっては、なんだそんなこと、と思うようなこと。でも、あの頃は、本当に恥ずかしかった。今、こうしてあの頃の話をしているのが不思議なくらい。〝元カレ〟と言ってしまうにはあまりにも接点がなく、逆に距離ができていた早瀬くん。その人と、こんなふうに思い出話ができるようになったなんて。普通にクラスメイトとして話をしているなんて。ある意味、大人になったのかな。

「おかしな話……」

「え？」

「あの頃はひと言も話せなかったのに、今、こうして話してる」

ちらっとこちらに目線をやり、そう言った早瀬くん。ポーカーフェイスだけど、少し微笑んでいるように見えた。早瀬くんが私とまったく同じことを考えていたので、私は少しうれしくて、ふふっと笑ってしまう。

「ホントだね」

同じクラスになって、実は少し気になっていた。同じ図書委員になって、実はちょっとだけ緊張していた。とくに気にしていないようなフリをしていたけれど。とくに緊張していないように取り繕っていたけれど。

もしかしたら、早瀬くんもだったのかな。そう思ったら、少し親近感がわいて心が軽くなった。しゃべったことのない、〝元カレ〟の早瀬くん。今日ようやく、ちゃんと知り合えたような気がした。

いちごオレ

「ねーねー、楠原さん。名前、果歩だよね。下の名前で呼んでもいい？」

バレーボールの音が体育館に響く体育の時間。六人ずつ代わりばんこで試合なので、体育館の隅で見学していると、深沢さんが横からくっついてきた。

「あー、うん。いいよ」

「果歩？　果歩っち？　カホカホ？」

ニコニコしながら、いろんな呼び方を羅列する深沢さん。

「好きなように呼んでいいよ」

「じゃあ、シンプルに果歩りん！」

りん、って、どこがシンプルなんだろうか。そう思いながらも、「いいよ」と苦笑いで了承する。

「私のことも、もうそろそろ下の名前で呼んでね。〝恵美〟って。玲奈も、〝玲奈〟って呼んじゃいなよ」

玲奈って……牧野さんか。ふたりはとにかく明るくて、よくしゃべる。多分、うちのクラスで一番にぎやかだ。すでに、クラスの女子みんなと仲よくなっている。女子だけではなく、男子とも。このふたりって、苦手な人とかいないのかな？　クラス全員と仲よくならなきゃ、気が済まないのだろうか。

「分かった」

恵美ちゃんは、よしっと言いながら笑った。ひとなつっこいっていうのは、才能だと思う。私は、こんなふうにはできない。

「果歩りん、今日さ、一緒にカラオケ行かない？　玲奈の彼氏がT高の男子ふたり連れてくるって言ってるんだけど」

「え？」

「果歩りん、彼氏いないじゃん？　いい出会い、あるかもよ」

「私、そういうのは……」

カラオケも好きじゃないし、知らない人と遊ぶのだって気を遣う。

「固いよ、果歩りん。いいじゃん。行こうよ」

「……図書室の……」

「え？」

「図書委員だから、カウンターの仕事があって」

「はぁ？　果歩りん、真面目すぎ。係とかいいじゃん、一日くらいサボっても。ひとりなの？　代わりいないの？」

「いや……早瀬くんが一緒だけど」

「早瀬？　同じクラスの、あの早瀬？」

「うん」

　恵美ちゃんは目を丸くした。そうだよね。誰がどの委員かとか、いちいち覚えてないよね。私も他の委員が誰かなんて分からないし。

「え。もしかしていつも、ふたりっきりで係とか？」

　あれ？　なんだか話題が変わってきた。

「……うん」

　恵美ちゃんは隣のコートでバスケをしている男子の方を見て、おそらく早瀬くんを探している様子。早瀬くんは運動神経がいいから、地味に活躍している。

「早瀬って……あれ、しゃべるの？　あの男」

「うん、まぁ、少し」

「なんかさ、なんでもそつなくこなして、他のヤツらのこと見下してるように見えない？　無口で、なに考えてるのか分かんないし、いじめられてるわけじゃないのに、ひとりでいるし」

「ハハ……」

　そんなことないよ、って言いたかった。でも、いろいろつっこまれたり説明したりするのが面倒だったから、誤魔化した。

「男はやっぱりノリがよくて、おもしろいヤツじゃなきゃねぇ……」

恵美ちゃんは手を顎に持っていき、しみじみとそう言う。

「あ、違う違う。カラオケの話だった！　今日の図書係は早瀬に任せて、行こうよ、果歩りん」

「……うーん、ごめん。またの機会にしようかな」

あはは、と笑って、やんわり断った。恵美ちゃんは「えー」と言いながら、頬を膨らませた。

「お疲れ」

「お疲れ、今日は早瀬くんのが早かったね」

「そうだね」

放課後。私はカウンターの中に入り、早瀬くんの後ろのせまい所を通って、定位置にパイプ椅子を開いて座る。昨日いろいろ話したからか、今日は自然にあいさつすることができた。

早瀬くんは、いつもどおり読書中。私も今日は本を読もうかなと思い、本棚を通りがけに一冊取ってきた。

目次にざっと目を通しながら、体育の時間に恵美ちゃんが言っていたことを思い出す。

『見下してるように見える』

『なにを考えてるのか分かんない』

早瀬くんは、みんなからそういうふうに思われているんだ。まぁ、後者は私も共感するけれど。

「なに？」

視線が目次から離れて、知らず知らず早瀬くんを見ていた。

「や。なんにも……」

「そ」

すっと早瀬くんは視線を戻した。たしかにそっけないけれど、たしかになに考えているか分からないけれど、早瀬くんは、ちゃんと血の通った人間だ。あんなふうに言われるのは、他人事とはいえ、なんかイヤだな。

『もしかしていつも、ふたりっきりで係とか？』

ついでに、この言葉も思い出した。

「………」

よくよく考えてみると、もしかしてこの係、ひとりでもいいんじゃないかな。利用者はほとんどいないし、いても、ひとりで事足りるし。

「早瀬くん」

思いきって声をかけると、「なに？」と、こちらへ顔を向ける早瀬くん。

「美術部、行ってもいいよ。係は私ひとりで大丈夫だから」

「なんで？　今さら」

「いや、ほら。あんまり利用者いないし、早瀬くん無理して来なくても、私ひとりで事足りるかな……なんて、今になってようやく思って。遅いけど……」

声が尻すぼみになってしまった。早瀬くんが、私をじっと見る。この無表情……やはり考えていることが読めない。

「無理してないよ。本好きだし。絵は、自分ちでじっくり描きたいし」

「でも」

「俺が邪魔？」

「……いえ」

「なら、いいんじゃない」

「……はい」

終了。そして、本をめくる早瀬くん。なんだか気まずくしてしまった気がして、バツが悪くなる。本に視線を戻すけれど、内容が全然頭に入ってこない。

「昨日」

「え？」

私は早瀬くんの方をぱっと見た。早瀬くんは視線を本から外さずに、口だけを動かす。

「中学の頃の話をしたから、気に障った？」

「あ、いや、違うよ。全然、全然関係ない。むしろ……」

うれしかった。気持ちが楽になった。

「むしろ？」

「……なんでもない」

「ふーん……」

言いたかったけれど、恥ずかしくてやめた。こういうところは本当に中学から全然変わってない。

プォーンと、トロンボーンの長い音。これ吹いている人、もう少しうまくならないのかな。

古い掛け時計の音が響く。三十分くらい経った。本を読んでも意味がない。頭に入ってこないし、首が疲れるだけだ。

「客来ないね」

そんな時に、早瀬くんがボソリと言った。

「客って」

ふっと笑ってしまう。

「自販機行ってくる。なにがいい？」

「え。いいよ、私は」

「なにがいい？」

再度聞かれる。その無表情は、ちょっと威圧感がある。

「い、いちごオレ」

「了解」

そう言うと、早瀬くんはカウンターを出て、図書室を出ていった。

三分くらいして戻ってきた早瀬くんは、ピンクのいちごオレと黒のコーヒーのパックジュースを手に持っていた。似合わないなと笑いそうになったけれど、

「ありがとう。いただきます」

と言って受けとる。

本当は図書室は飲食禁止だ。けれども、図書委員の話し合いの時に、カウンターの中でこっそり飲むならＯＫだと先生がこぼしたのを、みんな聞き逃してはいなかった。

ふたりとも正面を向きながらストローを口にする。誰もいないからいいけど、変な図だろうなコレ、真正面から見たら。

「窓開けていい？」

「うん」

早瀬くんは立ちあがり、私たちの背後にある窓に手を伸ばした。

あ。背が高いな、やっぱり……。夕日をさえぎる早瀬くんの影に覆われる。見上げると、斜め上に早瀬くんの顔。急に恥ずかしくなって、慌てて顔を戻した。

カラカラと音を立てて早瀬くんが開けた窓から、少しぬるめの、でも心地いい風が一気に入ってくる。死んでいた図書室が、まるで生き返ったかのような感覚。同時に、外から聞こえる声達が一気に大きく、一気にリアルに聞こえだす。外の空気とつながることで、さっきまで遮断されていたこの空間の緊張感と静けさが、ふっと和らいだ。

「桜、みんな葉っぱになっちゃったね」

「うん」

座りながら言う早瀬くんに、なぜか少し照れながら返事をする。

「慣れてきた？　今のクラス」

「うん……少しは」

うつむきがちに答えて、愛想笑い。

「にぎやかな友達、できたみたいだね」

「ハハ」

ジュースを飲みながら世間話をする。なんだか今日の早瀬くんは、いつもより口数が多い。いつもが少なすぎるんだけど。

「でも、楠原はあんまりしゃべんないよね。しゃべっても、受け身な感じ」

それ、早瀬くんに言われるんだ。

「うん。もともと」

「つくり笑顔って、バレてないようで意外と分かるもんだよ」

「…………」

早瀬くんの言葉の意図が分からず、数秒、沈黙が流れる。

あれ？　どういうこと？　イヤミだろうか。

「おとなしいっていうのも、立派な個性でしょ？　人に合わせることだって、必要なことだし」

少しカチンときて、大人ぶったことを返すと、

「個性って……」

と笑う早瀬くん。

「自分が不満に思ってたり、仕方なくやったりするのは、個性じゃないよ」

「なんで、そう断定するの？」

　ついついムキになってしまい、語気が強まる。

「なんか楠原、笑顔が引きつってるから。つまんなそうに見える。無理して『おとなしい』って言葉の後ろに隠れてる感じ」

「早瀬くんだって、クラスでしゃべんないじゃん」

「俺のは個性だから」

　なんか、話がよく分からない。いや、分かりながらも認めたくないのかもしれないけれど。

「傷つきたくないからって、踏みこまない。自分がかわいいんだ」

　カァッと顔が赤くなる。

「そんなことっ！」

　バンッ、とカウンターを叩いて立ちあがる。

「ほら、できるじゃん。ちゃんとそうやって、自分を出せばいいのに。クラスでも」

　私を見上げながら、チュー……っと早瀬くんはパックジュースを吸う。ひょうひょうとしている。

　早瀬くんって、こんな人だったっけ？　掴みどころがなさすぎる。

「なんかイジワルだね。早瀬くんって」

無理に落ち着こうと、ゆっくり椅子に座り直す。

「そう？」

「中学校の時とは、イメージが違う」

私の言葉に表情を変えず、じっと見てくる早瀬くんは、

「それじゃあ、自分の脳内イメージに恋してたんだね」

と、淡々と言った。

「……………」

私はなにも言い返せずに固まる。

「ハハ。否定してよ」

ふいに破顔した早瀬くん。そのギャップのある無邪気な笑顔に、私の胸はとても静かに音を立てた。こういう時、どういう反応をすればいいんだろう。男の人と、ちゃんと付き合ったことどころか、まともにしゃべったことすらない私に、分かるわけがない。

「俺は分かってたよ。中学校の時から」

「へ？」

早瀬くんはすっと視線を逸らし、本棚の方へまっすぐ向き直る。

「楠原、猫かぶってんなーって」

「ちょっ！　失礼じゃ」

早瀬くんはクスクス笑う。

「だって、違ったから。クラスでの愛想笑いと、走り終えた時の満面の笑みと」

「…………」

「あと、なんか八方美人。嫌われたくないって思いすぎて自分を出せてない。そして、卑屈。〝私はどーせ〟って、中途半端にあきらめてる」

「どうして……」

「見てたら分かるよ」

「…………」

コーヒーを飲み終えた早瀬くんは、空になった紙パックを、カウンターにパコンと置いた。そして、本を手に取って、またパラリ。話に勝手に区切りをつけ、再び本を読みはじめる早瀬くん。

やっぱりうまく掴めない、この人。私って、そんなに分かりやすいの？　早瀬くんが洞察力ありすぎるの？　モヤモヤッとした気持ちと同時に、なにか今まで感じたことのない気持ちを感じた。

腹は立つ。ムカッともする。でも、自分自身認めたくなくて、見て見ぬフリをしていたイヤなところを見抜いてくれている。その事実が、なぜだか分からないけれど、思ったよりイヤじゃない気もして、それがまた私の気持ちを複雑にさせる。

風が舞って少しホコリっぽい空気が入ってきた。そう思ったら、私を大きな影が覆う。気付くとまた斜め上に早瀬くんの顔と腕があって、私の後ろの窓を閉めていた。

頭のてっぺんの少しだけ髪が浮いている部分に、早瀬くんのシャツの腕の部分が、フワッとかすった。

「………」

私は慌てて視線を戻し、いちごオレをジュッと吸った。

風が入らなくなったことで、図書室が姿勢を正す。緊張感が戻ってくる。私は顔をうつむけ、赤くなった頬を髪で隠した。

帰り道

いつもの昼食時間。

恵美ちゃんと、ぇっと……玲奈ちゃんだったっけ？　と一緒に、お昼ご飯を食べる。

相変わらず、玲奈ちゃんは自分の彼氏の話。恵美ちゃんは最近別れた彼氏のグチを、ネチネチ話している。

「ねーねー、果歩りんさー、彼氏、今までいないって言ってたじゃん？　ほしいと思ったことないの？」

玲奈ちゃんが、食後にと持ってきていたアロエヨーグルトを食べながら聞いてくる。

こっちに話を振らないでほしい。

「そうなんだって、玲奈！　果歩りんも昨日のカラオケ誘ったのに、図書委員がなんたらで断られて」

声が大きい。すでにどこかで昼食を食べ終えて、斜め前で机に突っ伏して寝ている早瀬くんに聞こえてしまう。まぁ、本当に寝てたら聞こえないんだろうけど。

「うーん。今とくに、彼氏はいらないかなぁ」

もう板についている愛想笑いをしながら、おもしろくない答え方をする。

「果歩りん！　うちら、花の女子高生だよ！　大人が金払ってでも付き合いたい、貴重な時期の乙女だよ！　恋をせずに、なにをするっちゅーの？」

手を大きく開き、ミュージカルのようにしゃべる恵美ちゃん。

「乙女って！」

それに玲奈ちゃんが笑いながらつっこむ。あー、もうホントに声が大きいよ。これじゃ、教室中に丸聞こえ。

「だって、そんな出会いないし……」

私だけでもと、声を小さくしてしゃべる。

「だーかーらー誘ったんじゃん、カラオケ。カラオケがイヤならファミレスでもいいから、今度、とりあえず遊ぶだけ遊ぼうよ。べつに堅苦しく考えずに、いい人に出会えたらラッキー程度で。隣のクラスの男友達に、声かけとくから」

なんで、ここまでしてくれようとするんだろ。ありがたいって考えるべきなのかな？　それとも、ただの暇つぶし？

やだな、私、また卑屈になってる。

チラリと早瀬くんの方を見た。交差した腕に頭を乗せて机で寝ている早瀬くんが、薄く目を開けてこちらを見ていることに気付く。

「…………っ」

ドキリとした。腕に隠れて目しか見えないから、表情が読み取れない。笑っているように見えなくもない。

「ね、果歩りん、決定ね！　じゃ、念のためタイプ教えて？　どんな人が好き？」

恵美ちゃんの声で、こちらの世界に引き戻される。私は、早瀬くんからパッと目を戻した。

「ど、どんな人って……」

私、行くなんて返事してないのに、どんどん話が進んでいく。でも、ここで断ったら、空気が悪くなるし。

「ウソ……つかない人」

一瞬、ふたりの目が点になる。その後、ブハハハと笑われた。

「ホント、果歩りん、おもしろいね。もっと、外見とか雰囲気とかないの？　そういうんじゃなくて」

そういうんじゃなくて、って。結構、大事なことだと思うんだけど。

「ハハ。とくにないよ。タイプなんて」

お得意の愛想笑い。あぁ、なんか……疲れる。イヤだな。恵美ちゃん、ホントにセッティングしそう。自分とテンションのまったく違う男女に囲まれるなんて、そんなの私には考えられない。私、おもしろくもなんともないのに。浮くの分かっているのに。

恋愛って、そんなに必要なものなのかな？　自分が男の人とちゃんと付き合うところなんて、想像できない。また、あの中二の時みたいになるのが目に見えている。第一、こんなおとなしすぎる自分に「付き合おう」って言ってくれる人なんて、現れない。おかしいのかな。高二になってまで、こんな考え方。雑誌とかワイドショーでは、高二っていったら、驚くほどいろいろ経験している。あっちが〝ごく一部〟なのか、こっちが〝ごく一部〟なのか分からないけれど、私にはそんなの無理だ。ほっといてほしい。


「なんか、周りの話聞いてたら、私っておかしいのかなって思えてきた」

「なんで？　なにが？」

放課後、図書室。昼間、恵美ちゃんたちと話してたのを早瀬くんにチラ見されていたということもあって、つつかれる前に、自分から話題を振ってみた。

「好きな人もいないし、彼氏がほしいとも、そこまで思わないから」

「そうなんだ」

静かに笑う早瀬くん。昼間の話ね、って顔をしている。

「できたとしても、多分なにも動けない」

「楠原、中二からまったく成長してない？　もしかして」

カウンターに肘を立て、頬杖をつきながらこちらに体をひねる早瀬くん。

「……失礼だよ、それ」

成長してるよ。こうやって男の子と話ができるくらいには。

「あのー、返却お願いします」

本を返しに来た一年の男子生徒の声に、思わず肩を上げる。話に夢中で全然、気付かなかった。

早瀬くんが印鑑を押してくれて、男の子が戻っていくと、早瀬くんはまた椅子に座り直す。そして少しの沈黙の後、仕切り直しみたいにふっと笑ってこちらを見た。

「そんなに無理して、大人になろうとしなくていいと思うけど。自分のペースでいいんじゃない？　それに、よく言うじゃん。恋はするものじゃなくて、落ちるものだって」

「…………」

これって、笑うところだったのかな。早瀬くんは表情を変えないから、つっこもうにもつっこめない。

「うん、まぁ、無理に恋愛しても、夢ばっかり見て傷つくだけかな。十代は、恋に恋する年代だって言うしね」

私も少ない知識の中から、恋愛の情報を絞りだす。

「なんか、若くない会話だね」

「うん。私も思った」

恋愛経験なんてほぼないのに、頷く。

あぁ、静かだな、図書室。落ち着く。こんな場所で、年不相応に落ち着きはらった早瀬くんと恋愛について語っていると、もしかして私は大人なんじゃないかって錯覚しそうになる。

「でも、もしかしたら、そういうのって必要なのかも。逆に」

ふっと早瀬くんが顎を上げて、遠くを見る。

「え？」

「そうやって、大人になる練習をしていくんじゃない？」

「ハハ。結論、それ？」

「無駄な討論だったね」

早瀬くんも、こちらに顔を戻して笑った。あぁ、このやわらかい笑顔……いいな。

「早瀬くんも仲間だし、いっか」

「ん？」

早瀬くんは、相変わらず読めない表情で、ほんの少しだけ口角を上げている。でも……なんだか微妙なリアクション……だったような。

「えっ？　早瀬くん、付き合ったことあるの？」

ガタッと椅子の音を立ててしまう。私はピンときて、少し声を荒げて聞いてしまった。

「ひどいね。中二の頃」

流し目で私を見る早瀬くん。ちょっとズルイ、今そういうこと言うの。

「はぐらかさないでよ」

妙に熱が入る。早瀬くんは、やれやれという顔をして息を吐いた。

「付き合ってはなかったけど、まぁ、それなりに」

「それなりにって？」

なんか……なんかイヤだ。聞かずにはいられない。

「そこまでつっこむ？」

「いつ？」

「去年……だったかな」

「去年、それなりのことをしたの？」

まくしたてるように質問すると、早瀬くんはハハッと笑い、いつもの鉄仮面が崩れた。

「ホントおもしろいね、楠原」

ショックだ。早瀬くんは、同じ匂いがしていたのに。異性とどうのこうのって、早瀬くんもそんなに興味はないだろうって思っていたのに。

…………。

やっぱり、なんかイヤだ。〝それなり〟がどんな内容を指しているのか分からないけれど、自分の中の早瀬くん像が崩れた感じがして、なんだか受け入れたくない。

「裏切り者だ……」

いまだクスクス笑っている早瀬くんは、

「ほら。そういうふうに、地を出せばいいのに。クラスの子達の前でも」

と、足を組み直しながら言った。

五時のチャイムが鳴りはじめた。部活のある人達は六時まで残っていることが多いけれど、図書室はこのチャイムで閉めることになっている。いつも早瀬くんがカギをかけて職員室に返しに行ってくれるから、私は毎回先に出て、ひと足早く帰っている。カギを手にした早瀬くんを見て、たまには私がカギを戻さなきゃ、と思った。

「いつもカギお願いしてるから、今日は私が戻すよ」

ちょうど早瀬くんがカギをひねって施錠した時、そう提案してみた。

「じゃ、一緒に行こうか。カギ置く場所、分からないでしょ？」

早瀬くんは、自然にそう言ってくれた。

「あ……ありがと」

早瀬くんばかりにやらせて悪いと思って提案したのだけれど、結局、早瀬くんを付き合わせることになってしまった。

「…………」

横に並んで歩くのは少し気が引けて、私は早瀬くんの斜め後ろをちょこちょことついていく。こうやって、学校内を男子と歩くのは初めてだ。恥ずかしくてうつむいていた顔を、少し上げる。身長百七十五センチくらいかな、とか、シャツ越しに分かる背中や腕、意外としっかりしてるんだな、とか、歩くスピード、ほんの少しだけ速いな、とか。男の子なんだな、という当たり前のことを、ものすごく意識してしまう。

残っていた生徒達とすれ違うたび、もしかして私達付き合ってるって思われたかも、と、いらぬことを考える。男女でも、友達としてしゃべったり歩いたりしている生徒はゴロゴロいるのに。自意識過剰だ。私って本当に異性に対する免疫がないんだな、と再認識させられた。

「ここ」

職員室の入り口付近にカギを引っかける場所があって、早瀬くんは丁寧に教えてくれる。

「分かった。ありがと」

「ん」

早瀬くんは風が吹いたかのように、さりげなく笑った。

職員室を後にし、靴箱までの廊下を歩きはじめる。あとは帰るだけだから、おのずとまた一緒に向かうことになる。あれ？もしかして……。

「このままだと、一緒に帰ることになっちゃうね」

そうだ。今まで時間差で帰ってたから気付かなかったけれど、よく考えたら、早瀬くんとは同じ中学で同じ学区だったから、帰る方向一緒だし。

そう思った時には、すでに靴箱は目の前。早瀬くんは、もう上履きからスニーカーに履き替えていた。

「一緒に帰る？」

少し離れた所で靴をトントン、としている早瀬くん。あまりにも自然に言うもんだから、自分の靴箱を開けた私は、

「うん」

と、知らず知らずのうちに答えてしまっていた。

「…………」

「…………」

学校から家までは、歩いて二十分くらい。早瀬くんのほうが、たしかもう少し遠かったはず。

途中から大通りを一本入った、閑静な住宅街の歩道を歩く。

「緊張してる？」

ずっと無言で歩いていた私に、早瀬くんが笑いをこらえながら話しかけてくる。

「し、してないしっ」

明らかに挙動不審。実は、めちゃくちゃ緊張している。男の子と接点がない私は、こういうの、映画とかマンガでしか見たことがない。図書室では自然に話せるようになったのに、一歩外に出るとこんなにしゃべれなくなるなんて、我ながら情けない。

いや、アレだ。早瀬くんがさっき、女性関係がそれなりにあるという事実を激白したからだ。それで、私の中に無意識に警戒心が生まれちゃったんだ。間違いない。

「手でもつなぐ？」

「つ、つながないよっ！　なに言って」

ハハッ、と笑う早瀬くん。完全に私をからかっている。

住宅街にまぎれた小さなカフェや公園を通りすぎていく。歩道際に植えてある緑が、

サワサワと風に吹かれる音がする。ふたりの噛み合わない足音が、やたらと耳につい
た。

「中二の付き合いの、仕切り直しみたいだね」

急にヘンなことを言いだす早瀬くん。

「そ、そうかな」

そんなことを言われたら、もっと意識してしまう。

「……男の子達と遊ぶんだ？」

「え？」

「ほら、深沢達と」

あぁ、恵美ちゃん達との……昼間の話。

急に聞かれたから一瞬なんのことか分からなかったけれど、思い出して、また少し
重たい気持ちになる。やっぱり乗り気じゃない。

「……うん。そうなりそうなんだけど……」

「ふーん……」

「でも、何事も経験かな。そうやって大人になっていくって話、早瀬くんにも教わっ
たし」

私は、さっきの話の応用とでも言わんばかりに、少し得意げに言ってみせた。早瀬

くんは、ふーん、と再度言いながら、あまり納得していないような、掴みどころのない顔をした。なにか間違ったことを言っただろうか？

「まぁ、イヤなことをイヤって言えないんだったら、仕方ないか」

ちょっとチクリと刺された。早瀬くんって、こういうところがある。たまにだけれど、急にイジワルを言うというか、人の痛いところをストレートにパンチする、というか。

「いいじゃん、早瀬くんだって、それなりのことしてるくせに」

早瀬くんの半歩斜め後ろを歩いていた私は、立ち止まり、ムキになった声でそう返した。早瀬くんも足を止め、ゆっくりと私を振り返る。

「楠原、ガキっぽい」

私を見下ろしながら、ただそれだけ言った早瀬くん。あぁ、いつもの無表情。私だけが熱くなってる、また。

「………」

周りを見ると、私の家はもうすぐそこだった。すると急に、早瀬くんが私の腕をぐいっと掴んだ。

「！」

びっくりした私は、思わず手をグーにする。その手を自分の目の前まで持ちあげた早瀬くんは、私の拳の指の部分に、そっと口をつけた。

えっ？　なに？

驚きすぎて、目を見開いたまま硬直する私。頭の中はパニックで、うまく状況が飲みこめず、なにも言うことができない。そんな私に、そのままゆっくり、視線だけ移す早瀬くん。

「男子高生は、中学生のガキとは違うからね。こんな細い腕、簡単に押さえつけられるよ」

「な……」

そう言って、ゆっくり私の腕を離す。

「ちゃんとイヤなことはイヤって言わなきゃ、男の子達に、なにかされても知らないよ」

怒ってる顔？　ただ、注意してくれている顔？　それとも、とくになにも考えてない顔？　そのポーカーフェイスからは、なにも読み取ることができない。

「じゃ、バイバイ。また明日」

軽く手を上げ、早瀬くんは十字路を左へ曲がって帰っていった。

遠くなっていく早瀬くんの背中をぼう然と見送る。夕方の匂いと光が、あたりを包む。私はひとり、たたずみながら、グーパーグーパーして、あれ？　なにされたんだっけ、と思い返す。そしてそのまま呆けながら、自分の家に足を進めた。

家に帰りついた私は、

「ただいま」

と言って階段を上る。キッチンからの匂いに、あぁ、今日は肉じゃがか、と思った。

自分の部屋に入ってドアを閉め、勉強机の椅子に腰かける。

「…………」

『男子高生は、中学生のガキとは違うからね』

「…………」

自分の手を握り、早瀬くんの口が触れたところを見る。チュッて……した？

「…………」

うん……した。

ボンッ、と一瞬にして思い出す。

「わっ」

さっきの映像が頭の中で何度もリピートされ、顔がカッと熱くなり、真っ赤になるのが自分でも分かる。

え？　ええ？　どーいうこと？　彼は、西洋の貴族かなにか？　なんだったの？

なにを伝えたかったの？　早瀬くんは。

男は本気になったら怖いよ、って忠告？　ちゃんと自分を出しなさい、っていうアドバイス？

「………………」

「う」

両手で顔を覆って、机にうなだれる。免疫のない私には、よく分からない。でも、イヤじゃない。イヤじゃなかった、と思っている自分がいる。胸の中がモゾモゾと痒いような、なにか詰まっているような感じ。

机に突っ伏した顔を横に向けて、整列している参考書の背を見ながら思う。私の顔が熱いからか、頬と接している机がひんやりと冷たく感じる。

手、大きいんだな……早瀬くん。

「………………」

指に触れた唇、やわらかかった……。

「………………っ」

ハッとする。なにを考えてるんだ。これじゃ変態みたいだ。私はひっきりなしによみがえるさっきの場面を、慌てて掻き消した。

意識

「おはよー」

「おはようっ」

教室内でいろんな声の〝おはよう〟が飛び交う中、私は寝不足の頭でぼんやりと座っていた。べつに、ほっぺや口にキスされたわけじゃないのに、昨日の出来事のせいでほとんど眠れなかった。

……早瀬くんだ。

開けっぱなしの教室の入り口から、早瀬くんが入ってくる。斜め三つ前の席に腰を下ろし、横にカバンをかけるのが目に入り、私は無意味に姿勢を正した。

「………」

緊張が瞬時にピークに達し、その時、なぜか中学二年生の頃のある朝のことが、ふっと頭によみがえる。京子ちゃんが勝手に、私の気持ちを彼に告白した次の日の朝。恥ずかしくて、まともに早瀬くんのことが見られなくて、どうにもこうにも居心地が悪かった。

今、あの時とまったく同じような心境だ。私と早瀬くんは教室内ではあいさつもしないし、会話もしない。するのは、放課後の図書室でだけ。だから、今はいつもどおりにしていればいいんだけど。いいん……だけれど……。

「………」

私だけに分かる、いつもと違う朝の空気。いつもと違う教室の感じ。それは、まぎれもなく主観的な問題なんだけれど、この雰囲気にちょっとだけ息苦しさを感じた。

あっという間に放課後になった。みんながチラホラ教室から出ていきだして、各々の部活や靴箱へと足を運ぶ。見渡すと、すでに教室には二、三人しか残っていなくて、早瀬くんの姿もなかった。

「………」

図書室………行かなきゃ。

真面目な自分が恨めしい。心なしかいつもより重く感じるカバンを持って、図書室に向かった。

「あれ？」

ドアを開けると、早瀬くんはまだカウンターにはいなかった。本でも探しているのだろうか？　ホッとしたような、拍子抜けしたような気分を持てあまし、ひとまずカバンをカウンターの中に置いた私は、椅子を二脚用意して、その片方に座った。

五分ほど経った。早瀬くんはまだ来ない。あれ？　もしかして帰ったのだろうか？

私は、とりあえず本棚の所を列ごとにチラチラ見ながら図書室を一周し、入り口の所まで歩いた。

「………」

無断で係をほっぽりだして帰るようなタイプじゃないし、どうしたんだろ、早瀬くん……。

カラカラと入り口のスライド式扉を開けて、外の廊下をキョロキョロと見渡してみる。と、その時。階段へと曲がる角から一年のかわいい女の子が出てきて、そのまま目の前を風のように通りすぎた。

「……？」

あれ？　今の子、ちょっと泣きそうな顔してた？

図書室から顔を出したままの状態で、その女の子の背中をじーっと目で追う。

「なにしてるの？」

背後からの声に、ビクリと首をすぼめた。振り返ると、早瀬くんがいた。さっき、女の子が出てきた角の方向に。

「あっ、やっ、なにもしてないけど………。お、お疲れ。ハハ……」

軽く手を上げる。

「お疲れ」

無表情であいさつし、中へ入る早瀬くん。あれ？　もしかして……。早瀬くんの後に続いてカウンターへ入った私は、顎に手を置く。

「告られてた？　もしかして」

いつもどおり椅子に腰かけ、足を組んで本を開こうとした早瀬くんに尋ねる。

早瀬くんはほんの少し沈黙をつくった後で、ゆっくり私の方を見て、

「気になる？」

と言った。無表情での意外な返しに、今の出来事のせいですっかり忘れていた昨日の記憶が、ブーメランのように急に頭に戻ってきた。カッと顔が赤くなる。鏡を見なくても分かる。

「気に、なら、ないしっ」

「ふーん」

ギッと椅子の軋む音、続く沈黙。いつもの調子の早瀬くん。私との温度差が激しくあるような気がして、なんだか自分がいたたまれなくなった。

「あ、すみません。返却お願いします。それでこれ、借ります」

「あっ。はいっ！　分かりました。はいっ」

急に来た図書委員の仕事に、勢いよく立ちあがり、必要以上に声を出してしまった。

〝はい〟を、一回も言ってしまったし。

返却と貸し出しの作業を慌てて済ませると、真面目そうな女の子は図書室から出ていった。

「楠原」

ぼーっと突っ立っていると、座っている早瀬くんが私を見上げて言った。

「座んないの？」

「あ、うん……座る。座るよ」

いやはや、寝不足のせいで頭がうまく回らない。思考と行動が途切れ途切れで噛み合わない。

「……告られてたよ」

え？

私が椅子に腰かけると、ふいに早瀬くんが言った。

あぁ……さっきの話の続き……か。流されていたと思っていた質問に時間差で答える早瀬くんは、やっぱりよく分からない。早瀬くんに顔を向けるが、彼の視線は相変わらず本に落とされたままだし。

「ふーん。モテるんだね」

前回は、『ふーん』としか言えなかったけれど、今回は『モテるんだね』を付け加えてみた。

「そうだね」

サラリとそう言いのけられて、またしても面食らう。以前頭のよさを褒めた時と同様、見事なほどに受け止めてくれた。あっぱれだ。私はなにも言えずに、口を半開きにしたまま固まってしまった。

「ハハ、やっぱりおもしろいね。楠原って」

早瀬くんが笑ったので、私は慌てて視線を逸らした。まるで手のひらで転がされているみたいだ。私が青くなったり赤くなったり、寝不足になるほど考えこんだりしたとしても、早瀬くんにとっては、なんでもないこと。おもしろいね、で片付けられてしまうんだ。

早瀬くんが本をめくる音が聞こえはじめる。私はガサガサと数学の宿題を出し、高いカウンターで不格好に問題を解きはじめた。少しでも会話をすると、沈黙の重さが倍になるような気がする。それは、もっとしゃべりたいからなのか、相手を意識しているからなのか、分からないけれど。

「………」

うん。この得体の知れない元カレに対して、中学の時とはまったく違った種類の興味を抱きはじめていることは……たしかだ。

チラリと、読書中の早瀬くんを盗み見る。さっきの女の子、泣きそうになってたけれど、告白されて断ったの？　昨日のあの行動は、一体なんだったの？　聞きたいけれど、聞けない。踏みこみ方が分からない。

「……楠原」

「はいっ」

びっくりした。盗み見ていたからというのもあるけれど、驚きすぎて、声をかけられてコンマ一秒くらいで返事をしてしまった。

「ハッ。早、返事」

「………」

クスクス笑われて、もう赤くなるしかない自分の顔。

「手、止まってるけど、また分からないの？　数学」

チラリと私の宿題に目を移す早瀬くん。読書しているのに、よく見えてるな。たしかに、開いただけで、さっきから一問も解いていない。早瀬くんを見ていたから、当たり前だけど。

「あ……うん。また、教えてくれたり……する？」

すらすらっとウソが出た。自分でも驚いた。だってこの問題、この前、早瀬くんが教えてくれたところを少し応用しただけの設問だし。分からないなんて、相当理解力ないって思われる。言ってからそう気付いたけれど、早瀬くんはすでにパイプ椅子を私のすぐ横に近付けて、「いいよ。どこ?」と、ご指導モードに入っていた。

心構えする暇もなく、早瀬先生のご説明が始まる。早瀬くんは前回同様、丁寧に教えてくれた。意識しているからか、実際そうなのか、前よりも顔が近い気がしてドキドキする。説明する指を見ては、この手に、腕を掴まれたんだ、と。説明する口元を見ては、この口が私の手に触れたんだ、と。私は欲求不満なのかと自己嫌悪に陥るくらい、昨日のあの一瞬の出来事を繰り返し思い出していた。

「ここまで分かった?」

「……うん」

「で、そしたら、これを……」

そんな私を知ってか知らずか、早瀬くんは説明しては私に顔を傾け、理解しているかどうかを確認してくる。こんな近くで直視しないでよ、ホント。これ、わざとやってるんだとしたら、早瀬くん、相当ドSなんだけど。

「分かった?」

「……うん。ありがと」

早瀬くんが椅子を元の位置まで離して、ようやく普通の呼吸ができた。そうとう息苦しかった。私は胸に手を当てて、早瀬くんに気付かれないように深呼吸した。

「……ふ」

　え？

　ちらっと見たら、椅子は戻したものの、体はこちらに向けてカウンターに肘をついた早瀬くんが、私の様子を見て口元を緩ませていた。

「…………」

　ただそれだけで、とてつもなく優しくも妖艶(ようえん)な笑顔に見える早瀬くん。私は心臓が跳ね、目をパチクリさせる。

「かわいいね、楠原」

「……っ！」

　か、かわいいっ？

「なっ、なに言って……」

「今日も一緒に帰る？」

「へっ？」

　続けざまにわけの分からないことを言う早瀬くんに、私の体は硬直したまま、ただ、瞬きの回数だけが異様に増える。

「な……」

　なんで？　って聞こうとした、その時。カラカラカラと、図書室入り口の扉が急に開く。

「孝文、帰ろうぜ」

一気に、図書室の静寂が破られた。短髪で日に焼けた、元気を体現したような男がズカズカと入ってくる。

「…………」

私も早瀬くんも、そちらの方に目を奪われる。孝文？　早瀬くんのこと？　早瀬孝文、だったよね、たしか。

「声でかいよ、陽平」

早瀬くんが、ため息交じりに立ちあがる。

「どーせ、ほら。誰もいねぇじゃん」

その人はこちらに歩いてきながら、図書室にふさわしくない大きな声で、なおもしゃべり続けた。

「バスケは？」

「なんか今日、体育館使えないらしくて、休み」

この人、たしか……木之下陽平だ。今は違うけれど、一年の時にクラスが一緒だった。意外……早瀬くんと友達なんだ。

座っている私の方はチラリとも見ず、木之下くんはでっかい部活用カバンを勢いよくカウンターの上に置き、その上に両肘をつきながら、早瀬くんとしゃべりだす。というか、一方的に木之下くんがしゃべっているんだけど。この人、なんか苦手なんだよね。ていうか私、得意な人自体いないんだけど。

「もう、いんじゃね？　閉めても。どーせ、人いないし」

「五時までは、開けておくことになってる」

「へー、真面目。大変なこって、図書委員さんは」

木之下くんは、バカにしたような口調でそう言った。

「いいよ。あと十五分くらいだし、私が残るから先に帰っても」

急に話に入ったからか、早瀬くんも木之下くんも、一瞬停止して私に注目する。

「あれ？　どっかで見たことある」

ここに来て、初めて私をちゃんと視界に入れた木之下くんが言う。……一ヶ月前まで、クラスメイトでしたが。

「楠原さん」

早瀬くんが名前を言ってくれると、木下くんは、

「あぁ。なんか、いたね。そんな人」

と軽く言った。悪気はないんだろうけど、ちょっとイヤな感じ。たしかに私は目立たないけれど。

瀬くんを待った。

「最後までいるよ。あと少しだし」

早瀬くんは私を見て、そう言った。結局、木之下くんは五時までしゃべりながら早瀬くんを待った。

帰り際、早瀬くんに「一緒に帰る?」とまた聞かれた。私は一緒に帰ってもこんな感じでふたりの会話には入っていけないだろうと思い、「カギは、私がかけるからいいよ」と言って、早瀬くん達を先に帰した。

なんだか今日は、心の中が慌ただしい一日だった。いや、高二になってから、ほぼ毎日なのかもしれない。私は変化が好きなほうじゃないのに。できれば目立たず、穏やかに落ち着いた学校生活を送りたいのに……。

そんなことを思いながらも、今日もし、ふたりで帰っていたらと、意に反して妄想が膨らんでいく。すると瞬時に、昨日、指にキスされたこと、さっき〝かわいい〟って言われたことが頭の中によみがえった。

ブンブンと頭を振って、一回、熱を帯びた脳内をリセットする。なんだか、自分が自分じゃないみたいだ。一緒に帰りたかったのか、帰りたくなかったのかさえ、自分でも分からない。寝不足だし、今日は早く寝よう。そう思いながら、帰る足を速めた。

攻略不可能

週が明けて、月曜日の昼休み。

「果歩りん、明日の放課後、大丈夫？」

恵美ちゃんが満面の笑みで、そう言ってきた。首を傾げて、なんのことか分からないという顔をすると、

「隣のクラスの男子達と、お食事会」

と、にっこり笑いながら箸を私に向ける恵美ちゃん。私はその言葉を聞いて、無意識に周りを見回してしまった。……よかった。早瀬くん、いない。

「果歩りん？」

恵美ちゃんと玲奈ちゃんが、急に挙動不審になった私の顔を覗きこむ。

「あ、あぁ。ど、うしようかな。やっぱり、私……」

「固くならなくていいから。ただのお茶会だと思ってさ。うちらと仲いいヤツらばっかりだから気を遣う必要ないよ」

恵美ちゃん達はそうでも、私にとっては……。

「ね！」

ふたりとも、まったく悪気のない笑顔で念押しする。正直、行きたくない。でも、嫌われたくない。自分が浮くの、目に見えている。でも、断れない。

「あ……うん、分かっ、た」

「よっしゃ！　じゃ、明日の放課後、そのまま教室に残っててね」

「……うん」

髪の毛を耳にかけながら、無理に愛想笑いを返す。

あぁ、イヤなことをイヤだって言うの、難しい。学校という、クラスという、この小さな社会の中では。

昼休み終了のチャイムが鳴ってふたりがそれぞれの席に戻ると、私は、ふう、と小さなため息を吐いた。

「お疲れ」

「……お疲れ」

放課後の図書室。いつものようにカウンターに並んで座る私と早瀬くん。なんだか自分だけが気まずい。

「金曜はありがとね、カギ」

早瀬くんが本を開く前に私を見て、そう言った。

「ううん。いつも、してもらってるし」

頭をブンブンと振って手のひらを見せると、早瀬くんが、じっと私を見たままで微動だにしなくなった。

「………？」

……え？　な、なに……？

「楠原」

そっと、ゆっくり、早瀬くんの右手が私の顔に伸びてくる。図書室の本達が、一斉に私達ふたりに注目しているような錯覚がした。緊張が最大級になり、全身のうぶ毛が逆立つような感覚に包まれる。

「髪、食ってる」

ふっと笑いながら私の頬に触れ、早瀬くんは私の口にはさまっていた、ひとすじの髪を取ってくれた。

ツ……っと、糸のように唇を伝って抜かれた髪の毛の感触。肩より少し長めの黒髪一本が、元あった場所へ、ハラリと戻る。一連の一瞬の流れが、まるで映画のコマ送りのように感じられた。

「あ……」

私は赤くなる余裕すらなく、固まってしまった。

目の前で早瀬くんが微笑み、そっと体重を後ろに戻して離れていった。その小さな所作にすらわずかな風を感じてしまうほど、とぎすまされた一瞬。

「あ、あり……」

口をパクパクする私を見て、早瀬くんがクスリと笑う。

「ありがとう？」

「う、あ……うん」

「どういたしまして」

そう言うと、早瀬くんは、静かに視線を本に向けた。そして、パラリとページをめくる。

「…………」

私は、ガタッと椅子の音を立てながら、不格好になった姿勢を戻す。今、どんだけマヌケな顔をしてただろう。いつもこうだ。早瀬くんのなにげない言動に、私は過敏に反応しすぎる。これは、私がただ、男の子に免疫がないからなのかな。こんなんで、明日、男の子達と遊びに行こうとしているなんて恐れ知らずもいいところだ。

「この前、うるさかったでしょ、陽平」

いつものように、姿勢を変えずに言葉だけ投げかける早瀬くん。

「や。ううん、大丈夫だったけど」

「アイツ、声でかいから」

たしかに。

「早瀬くん、ああいう人と友達なんだね」

少し会話の糸口が見えると、とたんに話したがり屋になってしまう自分。先ほどの緊張が、やんわり緩んでいく。

「……なんで？」

「意外だったから」

素直にそう言うと、早瀬くんは、

「楠原、俺をどんな人だと思ってんの？」

と眉をひそめる。

「一匹狼」

すると早瀬くんは、ふっ、と噴きだした。

だって、早瀬くんは私と同じ匂いがしてた。いつもひとりでいて、あまり人と関わりたくなさそうで、騒いでいる男の子達とは一線引いたような存在で。一年の頃の様子は知らないけれど、中学校の時もあんまりバカ騒ぎしてなかったし。

「なんか、私、苦手。あの人」

するりと本音が口から出る。

「なんで?」

「キラキラしてるから」

「なにそれ」

ギッと、椅子の軋む音が小さく響いた。早瀬くんは興味深そうに私を見て、腕を組みながら話を聞いている。こういう意見のぶつけあいが、意外と好きみたいだ。

「キラキラした人って、なんか、自分中心で世の中回ってるってカン違いしてそうで」

「ふーん。でもそれ、一概に悪いことって言える? そう思えることって、時としてステキなことじゃない?」

「変なこと言うんだね、早瀬くん」

「そうかな? 俺には、楠原がそういう人達にあこがれてるみたいに聞こえる」

「………」

そんなこと、ひと言も言ってないと、私はちょっとムッとする。

「違うし。みんな、自己中ばっかりで、なんか、クラスの女子とか大きな声でバカ笑いしたり、恥ずかしげもなく彼氏との進展報告したりして。ガキくさい。大人げない」

私には恵美ちゃんも玲奈ちゃんも、その他の女子達も、みんなキラキラして見える。

そのキラキラは、押しつけがましいキラキラだ。ただ、目立ちたいだけの人工的な金粉だ。〝自分を見て〟と、〝自分に同調して〟と、まるで、さも自分が主役であるかのように。

話題の方向性も見失いながら、私は気付けば、日頃の胸のモヤモヤを早瀬くんに吐露していた。

「大人げないって言葉使って、自分が大人になったような気にでもなってるの？」

いつものポーカーフェイスの早瀬くんが、淡々と言い返す。私はバカにされたような気がして、

「違うよ。そんなこと思ってない。そういう早瀬くんこそ、自分は大人だなんてカン違いしてるんじゃない？」

と、半ばムキになってイヤミな言い方をしてしまった。あれ？　なんでこんな議論してるんだっけ？　なんで、私、怒ってるんだっけ？

「俺は、子供だよ」

そう言って笑った早瀬くんがものすごく大人に見えて、私の熱はふっと冷める。

「………」

そして、勢いで少し浮かしてしまった腰を、ストンと下ろした。

あ。なんか……今、私、ものすごく恥ずかしい。分かったような口きいて、実は分かってないのは自分ひとりだけだった、みたいな。

〝卑屈〟。その二文字が頭をよぎった。今、一番大人げないのは、間違いなく私だ。

「陽平は、いいヤツだよ」

ポツリと早瀬くんが言う。

「…………」

「楠原は、いろいろ先入観で見すぎ」

「…………」

じわっと、自分でもよく分からない涙が込みあげた。悔しい、とも違う。申しわけない、とも違う。

……まただ。言い当てられて恥ずかしい、という感情だ、これは。情けなくて、みじめで……恥ずかしい。

私には、本当の友達がいない。心から気を許せる相手ができない。そして、それを周りのせいにしている。いつも、一歩引いた斜めの角度から、周りを見ているだけ。問題があるのは、自分なのに。そうさせてしまっているのは、正真正銘、自分自身なのに。

早瀬くんとしゃべっていると、私は、なんでこうも自分をうまく取り繕えないんだろう。いつもクラスの中でやっているように、当たり障りなく、おもしろみもない、存在感のないただの八方美人でいられないんだろう。

「泣くようなこと？」

ひと粒落ちてしまった私の涙を見て、早瀬くんは呆れたような、でも優しいような、そんな声のかけ方をした。早瀬くんの目には、私はどれだけ子供っぽく映っているのだろう。うつむきながら、手で涙を拭う。

「楠原はさ、多分、損してるよ」

「…………」

え？　って言おうとしたけれど、声が出なかった。

「相手を知ろうとする努力もしてないし、自分を知ってもらおうとする努力もしてない」

「…………」

「まぁ、自分にとってどうでもいい相手なら、べつにいいんだろうけど。でも、決めつけるのはマイナスにしかならないと思う」

「…………」

早瀬くんは、仙人みたいだ。悟りを開いているように見える。

「俺も人のこと言えないけどね。多少踏みこむようにはしてるよ、これでも」

薄く微笑んだ早瀬くん。やっぱり私、この笑顔が好きだな、と思った。

「……ガキだね。私」

ぽつりと言うと、

「否定も肯定もしないでおく」

と、すかさず返した早瀬くん。私は、なんか早瀬くんらしいと思って、ちょっと笑ってしまった。


帰り際、図書室から出た私は、大事なことを思い出し、

「あ、早瀬くん。明日、私、来られないんだけど……」

と、早瀬くんの顔色をうかがいながら言った。

「うん。分かった」

とくに理由を追及しない早瀬くん。図書室のカギをかけながら、取り立てて顔色を変えるでもない。

「理由、聞かないの？」

とくに意図せず、口から疑問が出た。早瀬くんは役目を終えたカギをカチャリと握り、私を見下ろす。

「聞いてほしいの？」

「……いや、べつに」

私は、うつむいてそう答えた。早瀬くんの返しは、なんだかいつも私が不利になるような気がする。

私は、どうしてほしいんだろう。明日、隣のクラスの男の子達と遊ぶことに、なぜか妙な罪悪感を感じているのに、今、早瀬くんにそのことを言いたいような、でも隠したいような。理由を言って、早瀬くんに止めてもらいたいのだろうか。

「楠原」

うつむいたままの私のつむじに声をかける早瀬くん。

「ちっちゃ……」

百五十一センチを見下ろす百七十五センチ。頭をポンポンとされ、笑われたのだろうか、彼のかすかな吐息が、ふんわり髪をかすめた。なんだか恥ずかしいようなくすぐったいような感情が、私の心の中でふわりと舞う。

少し薄暗い廊下。まだ外から響いている、たくさんの部活動の音達。なのに、誰もいない。この直線の長い廊下には、私達ふたり以外……誰もいない。

図書室のドアに手をかけている、早瀬くん。体重をかけたのか、少しだけカタ……と音を立てた。ストレートの私の黒髪を、親指と人差し指ではさみ、ツッと上から下になぞる。

私はゆっくり顔を上げて、早瀬くんを見た。窓から降り注ぐ濃いオレンジ色に、灰色が混ざったような光。それが早瀬くんの横顔を照らし、男の子なのにとてつもなくキレイに見える。

早瀬くんから見た私も、こんなふうに見えているのだろうか。見えていたら、うれしいと思う。と同時に、恥ずかしいとも思い、顔を背けてしまいたくなる。

早瀬くんは無表情だけど、優しい顔。よく見たら、ほんの少し上がった口角に、ほんの少し下がった目尻。なにより目に、うまく言えないけれど、温かさみたいなものを感じる。

「楠原、目、閉じてみる？」

「え……？」

私の髪をすくっていた早瀬くんの人差し指が、第二関節で曲げられ、ツツ……と頬へと移る。

目？　閉じたら……。

「………」

えっと……。経験のない私でも分かる。この、あまりにも雰囲気のある……状況。

「え……え、と……。あの……」

自分の顔が一気に紅潮したのが分かった。静かな廊下に、たちまちにして早鐘を打ちはじめた心臓の音を拾われてしまいそうだ。

でも、目を離せない。瞼に少し前髪がかかって、その陰が大人っぽさを演出している早瀬くんから、目を離すことができない。

「ハハ」

早瀬くんが笑った。目がなくなって、目尻にくしゃっとシワができる。私は緊張で必要以上に見開いたままの目を、ようやく瞬かせることができた。

「カ、カギ、おね、お願いしま、す」

バッと頭を下げ、私は逃げるようにその場から去った。

なんだ、なんだ。なんなんだ、今の早瀬くんは。

上履きの乾いた音が廊下に響く。頭の中がグルグルなりながらも、私はひたすら足を繰りだした。振り向くことは、もちろんできなかった。靴箱へ急ぎ、校門を出て、帰り道の三分の一まで、私の頭の中は疑問符とさっきの早瀬くんの顔で占領され尽くし、周りの景色なんてまったくもって見えなかった。いつの間にか、走りだしていた。


「はー、はー……」

足を、ようやくいつものテンポへ戻し、息を整える。こんなに走ったのは、久しぶりだ。中学の時の膝の故障以来だ。

「わ……私、まだ、走れるんだ」

変な感動。いやいや、今はそんなこと関係なくて。

『目、閉じてみる？』

瞬時にまたさっきの音声と映像がよみがえって、一気に顔に熱が集中する。私、今、多分マンガのキャラクターみたいだ。絵に描いたら、顔から湯気だか煙だかが出ているはず。

「…………っ！」

「………心臓に……悪い」

早瀬くんは、本当によく分からない。私には攻略不可能だ。イジワルだったり、優しかったり、真面目だったり、実はふざけていたり。

あのまま、目を閉じていたら……。いやいや、冗談だったんだって、多分。でも、あのムードは……。いや、違う。そんな、ありえないし。

頭の中で、私Aと私Bが討論している。はたから見たら、さぞかしおかしな百面相だろう。考えれば考えるほど早足になる。それと同時に、鼓動も速くなる。多分、今日も……眠れない。そして、明日一日、また私だけが気まずいんだ。そうに決まっている。私はもう分かっているんだ。分かっているのに、抗えないんだ。

考えれば考えるほどに焦りが足に伝わり、結局今日も、家に帰りつくのがいつもより十五分ほど早かった。

高田(たかだ)くん

案の定、翌日の寝不足な私は、斜め三つ前の席の男の子が気になって気になって仕方なかった。私の気苦労とは裏腹に、授業中に欠伸(あくび)をしている早瀬くん。その座っている後ろ姿を見て、なんとなく歯痒いような、それでいて目を逸らしたいような、いや、でももっと見ていたいような……そんな気持ちの狭間で右往左往している。

今は、数学の時間。先生の声は、まるでガラスを一枚隔てた所から聞こえてくるように、私の耳には届いても、意識にまでは届いてこない。当然だ。だって、意識は別のところにあるのだから。

授業を理解していないほうが、また早瀬くんに教えてもらえる、いい口実になるかも……。ぼんやりとそんなことを考えてしまった私は、慌てて視線を黒板に戻した。

「果歩りん、行こっ！」

放課後、恵美ちゃんと玲奈ちゃんが私の机の所に来た。そうだった、今日は一緒に遊びに行く日だ。早瀬くんのことで頭の中が充満していたから、ふたりに言われて急に現実に引き戻された気がした。

早瀬くんは……。

教室を見回し、その姿の有無を確認する。べつに、うしろめたさを感じる必要なんてないのに。

……いない、か。

早瀬くんの姿はすでになかった。もう図書室に行ったのだろう。

「……うん」

乗り気じゃない私は、ふたりの後を隠れるようにしながらついていく。

昨日の早瀬くんの、『相手を知ろうとする努力もしてないし、自分を知ってもらおうとする努力もしてない』という言葉が頭にふっとよみがえる。たしかに、私はそうだ。でも、その努力をした末に、嫌われたくないし、傷つきたくない。どこかで相手を見下している黒い自分がいるくせに、そんな相手にすら、自分の存在を否定されたくないんだ。

『傷つきたくないからって、踏みこまないんだね。自分がかわいいんだ』

前に言われた言葉も一緒になって頭に響いた。耳が痛い。そのとおりだよ、早瀬くん。

「おっせーし」

学校から街の方へ五分ほど歩くと、学生がよく集まる安いファミレスがある。中に入ると、隣のクラスの男の子達が、すでにジュースを飲みながら待っていた。髪型も制服の着崩し方もオシャレ、態度も堂々としていて、見るからにキラキラしている。要するに、私にとっては苦手なタイプだ。

「うちのクラス、HR長いんだって。ごめんごめん。あれ？　もうひとりは？」

「ドリンクバー」

ふたりの男の子のうち、ひとりが顎で指した。私達は男の子達の向かい側に三人横に並び、私は一番端の通路側に座った。

周りの笑い声や、カチャカチャと食事をする音、運ぶ音の中で、自分が本当に場違いだと感じる。チラチラ私を見る、斜め前の男子二名。あぁ、ほら、「なにコイツ？」みたいな顔。

「果歩りん、って言うの。あんまり男の子に慣れてないみたいでさ、あんた達と手馴らしにしゃべる練習でも、って思って」

恵美ちゃんが、私の背中をポンポンと叩きながら紹介する。そういうこと言うと、かえって緊張が増すからやめてほしい。

「あぁ、やっと来たんか」

ゴト、とメロンソーダをテーブルに乱暴に置いて私の前に座る、ドリンクバーから戻ってきた、もうひとりの男子。

「あ」

私がうつむいた顔を上げる前に、彼は若干驚いた声を出した。目が合って、私も固まってしまう。

「…………」

そこには、木之下陽平がいた。

なんとなく鼻で笑うように言う、木之下くん。

「……へぇ。また、異色な」

「なに、なに？　陽平と果歩りん、すでに友達？」

玲奈ちゃんが興味深そうに言うと、

「友達じゃねーよ。この前、初めてしゃべっただけだし」

と、彼はぶっきらぼうに答えた。

「えー？　あやしー。どこで？」

「図書室」

そう返した木之下くんに、目を丸くする一同。

「ブハッ。陽平、お前、図書室ってガラじゃねーだろ」

男の子のひとりが、腹をかかえて大げさに笑う。

「孝文迎えに行ったから」

「孝文って？」

「早瀬孝文」

「あー、早瀬。それ、うちのクラスだよ。果歩りんと同じ図書委員」

横から入る恵美ちゃん。私は恵美ちゃんが早瀬くんのことを『早瀬』って呼び捨てにするのが、あんまり好きじゃない。馴れ馴れしいからイヤなのか、バカにしているみたいでイヤなのか自分でも分からないけど、早瀬くんのこと、そんなに知らないくせに、って思う。

「なに？　陽平、早瀬と友達？」

「イトコ。母方の」

メロンソーダを勢いよく飲んだ後でそう言った木之下くんに、私は、え？　そうなの？　と、みんなと同じように目を丸くする。

「アイツんち、父親の趣味でアトリエがあってさ。俺も孝文も、そこで油絵描いてんの。まぁ、俺は部活ない日とか気が向いた時だけなんだけど。ついでに、ウマい晩飯食えるから」

「すげぇな、アトリエとか。つーか油絵って、陽平に似合わねー」

「うるせー」

私は、その情報にドキドキした。すごい、アトリエまであるんだ。思いがけず早瀬くんについて知ることができたことに、小さな喜びを感じる。

「で？ 楠原さん、お前らと友達なんだ？」

「もー、楠原さんじゃなくて、果歩りん、って呼んでよー」

恵美ちゃんが、ブーッと顔を膨らませる。

「りん、って言えるか、気色悪い」

すごいな、この人。思ったこと全部、口に出してる。逆に清々しいくらいだ。

「ていうか、早く注文しよう。お腹すいた」

玲奈ちゃんの言葉にみんな賛同し、テーブルのボタンを押してポテトやデザートプレートを頼む。私達もドリンクバーをつけて、それぞれジュースを取りに行った。

食べたり飲んだりしながら、クラスの話や先生の話で盛りあがりだす。でも、私はやっぱり馴染めずに、ひたすら相槌だけを続けていた。

「キレイなストレートの黒髪だね」

真ん中に座っている高田くんという人が、急に私に声をかけてきた。恵美ちゃんと玲奈ちゃんは、一番奥の男の子と話している。

「あ、あぁ……どうも」

私はしどろもどろになりながら、お礼を言った。

「でもさ、前髪、長すぎじゃない？ 目が少し隠れちゃってるし。ちょっと、おでこ見せてよ」

「え？　こ、こう？」

私は言われるまま、前髪を上げる。なんでこんなことしなきゃいけないんだろう。

ていうか、なんで私も、従ってるんだろう。

「…………」

高田くんも、黙って聞いていた目の前の木之下くんも、一瞬、目を見開いて無言になる。

……あ、この空気……笑われるんだ。ヘンだって。

無言のふたりに、一気にからかわれた感に襲われる。

「楠原さん、そっちのほうがいいよ、絶対」

おもむろに身を乗りだして、そう言った高田くん。私は驚いて、「えっ？」と声を出した。

「かわいーって、前髪上げたほうが、マジで！　絶対、宝の持ち腐れだし、それ」

「…………」

び、っくりした。まさか〝かわいい〟なんて言われるとは思っていなかった。

「な、陽平。思うだろ？」

「んー、まぁ、根暗そうに見えるのは、若干解消されるかもな」

自分の顎に手を持っていきながら、そう答える木之下くん。

「彼氏、マジで今までひとりもいないの？」

高田くんが、急に興味を持ちだしたかのように聞いてくる。というか恵美ちゃん達、私が彼氏いない歴十七年ってバラしてるし。

「……まぁ」

「じゃあさ、なにもかも、初めて……」

ボカッ、と隣に座る木之下くんが、高田くんの頭を叩いた。

「お前、下品」

「ってぇ。いいじゃん。今どきレアだよ、そういう清純な子！　いい意味で」

なんかもう、この人達、失礼うんぬんじゃなくて、こういう人種なんだろうな、って思えてきた。

「果歩りんちゃん！」

高田くんが私の両手を握る。なんなんだ、その中国人みたいな名前。

「まずは、お友達になろうね」

「へ？」

ものすごく眉(まゆ)毛の整った中性的な顔の高田くんが、ひとなつっこくにっこり笑って、私の返事を待っている。

「は……はい」

私は、そう言うしかなかった。

「…………」

木之下くんが意味深な目で、私達の様子を見ていた。


「果歩りん！　なんか、高田といい感じじゃなかった？」

帰り道、途中まで一緒に歩く恵美ちゃんと玲奈ちゃんが背中を揺さぶる。

「そんなことないけど」

私は正直、気疲れしていて、とにかく早く家に帰りたかった。

「高田は、うちらと同中なんだけど、いいヤツだよ！　二ヶ月前に彼女と別れてて、今いないし」

どうしてこの人達は、すぐに恋愛に結びつけたがるんだろう。

「なんかね、帰り際うちらにコソッと、果歩りんがマジでかわいいって言ってきた。あ、言ってよかったのかな？　いーよね？」

そして、どうして口がこんなにも軽いんだろう。恵美ちゃんは玲奈ちゃんに目で合図して、クフフと笑った。

『かわいい』…………か。

「…………」

前髪を上げた時に直接本人からも言われたけれど、まんざらでもない自分がいる。

〝かわいい〟という言葉は、とても魅力的だ。誰に言われても、そのひと言で、女の子の気持ちを少しフワフワさせてしまうから。

「また、遊ぼうね！　気軽な感じで」

途中の十字路で、ふたりと手を振って別れる。私はいつものつくり笑顔で、彼女たちが角を曲がるまで見送った。

「はぁ……」

疲れた。疲れたけど、なんか変な感じだ。思ったほど、私、浮いていなかった気がする。それに、まったく興味のない男の子からでも、褒められたらやっぱり、それなりにうれしかった。私って単純だ。

「…………」

前髪、上げてみようかな、明日。ちっちゃな石ころを蹴りながら、心の中で呟く。

早瀬くん、なんて言うかな？　かわいいって思ってくれるだろうか？　その前に、気付いてくれるだろうか？

いつの間にか、フフッと笑っていた。なんとなく足取りが軽い。

私は家に帰って、少しだけ眉の手入れをし、前髪を上げるヘアピンを探したのだった。

二本のヘアピン

次の日の放課後。私のほうが早瀬くんよりも先に図書室に着いた。奥の方で、自習している生徒がふたり。私は静かにカウンターの中に入って座る。

「…………」

そして、誰にも見られていないのを確認してから、上げた前髪を触ってみた。

……ホントに、単純だな、私。

今日は朝、教室に着くなり、恵美ちゃんと玲奈ちゃんにものすごく褒められた。あまり話したことのないクラスの女子からも、似合ってるね、と言われた。少し恥ずかしかったし、おでこがスースーしたけれど、私はやっぱりうれしかった。

ついでに早瀬くんの方もチラリと見たけれど、教室では一度も目が合わなかった。だから、放課後になって、ここで彼の反応を確かめるのが楽しみでもあるし、逆に不安でもある。早瀬くん、気付いてくれてるだろうか？

……あれ？　それよりなにより……。

「…………」

あの、『目、閉じてみる？』の日以後、初めてちゃんと話すんだ、早瀬くんと。

ゴクリと喉が鳴るのが分かった。緊張のバロメーターが、瞬く間に上がりはじめる。するど、心の準備もできないまま、カラカラと、静かに図書室のドアが開く音が響いた。

近づいてくる木製の床の軋む音。いつものように、早瀬くんがカウンターに入ってきて、私の心拍数は最高潮を迎える。

早瀬くんはカバンを置き、パイプ椅子を開いた。そして、座る前にゆっくりこちらを向いて、

「お疲れ。教室一緒なのに、久しぶりな感じ」

と、ふわりと微笑む。

「ハ、ハハ。そうだね。お、お疲れ」

ぎこちない笑顔でかろうじてそう返すと、椅子に腰かけ、いつもどおり本を読む準備をする早瀬くん。それを見て、私は緊張と同時に妙な安堵感というか……まったく正反対のふたつの気持ちが、心の中に同時に生じるのを感じた。

それは、教室ではまるで他人同士みたいだけれど、こうやって隣同士でカウンターに座り、言葉を交わすことで、ふっと心の距離が近付いた気になるからだろう。ドキドキする気持ちはたしかにあるけれど、あぁ、いつもの早瀬くんだ、とホッとする気持ちも心に広がる。そして、教室の自分の机よりも、この場所が自分の居場所として

しっくりくるような、そんな気分にさえなる。

やっぱり、私、ここが落ち着く。この穏やかな空気、張りつめた静けさの中にある、落ち着いた雰囲気。図書室が生むものか、早瀬くんが生むものか分からないけれど、私はこの空気と時間の流れが好きなんだと、改めて実感した。

「おでこ」

早瀬くんが私を笑いながら見て、右手の真ん中三本の指を、私の額(ひたい)に軽く当てる。

「かわいいね」

「…………」

わっ……かっ……　〝かわいい〟って言われた！

瞬時に自分の周りに大量の花が咲いたかのように、心が舞いあがる。全身の細胞が、早瀬くんの言った〝かわいい〟に喜び、騒ぎたてているみたいだ。

高鳴る胸の音。昨日、高田くんから言われた『かわいい』とはケタ違いのその言葉の威力。私は期待していたとはいえ、うれしすぎて目眩(めまい)すら覚えた。

「あ、ありっ、あり」

「ありがとう？」

「う、あ……うん」

前にもあったようなやりとりに、フッと笑う早瀬くん。

「本当にかわいい」

「……っ」

ダメだ。そんなこと何度も笑ってサラリと言われたら、心臓がもたない。

この人は全部見透かしているのだろうか？　私の期待や心配や、長所短所もひっくるめて、私以上に私を理解している気がする。たまに小憎たらしいけれど、たまに泣きたいくらい辱めに遭うけれど……やっぱり好きだな、私……早瀬くんのこと。

「…………」

え？　あれ……？　私、今……なにを考えて……。

「楠原？」

私は早瀬くんを見たまま、きょとんとしてしまった。自分の思考のしっぽが掴めない。

「ハ。超マヌケ顔」

早瀬くんの口角が、きゅっと上がる。その笑顔は、まるで図書室全体が見惚れるようなほど、素敵だ。

「…………」

唐突に、まったくの急に、私の心にストンと降りてきた感情。

「なんかいるよね、そういう顔の動物。カピバラだっけ？」

クスクス笑いながら私をからかう早瀬くん。でも、悪いけど、今は耳に入ってこない。それが、どれだけ失礼な言葉でも。

「………」

〝好き〟？

「楠原？」

カッと瞬く間に赤面する。

すると、早瀬くんがその顔を見て、緩く笑った。

「思い出し赤面？　おでこまで、真っ赤にして」

ん？　思い出して赤くなるって……なにを？

そこまで考えて、この前の帰りの廊下でのことが瞬時に脳裏によみがえった。あの、キスだと勘違いした場面が……。

「………っ！」

顔がひと際熱くなって、湯気さえも出たような気がした。私は慌てて、両手で自分の両頬を包む。動揺しまくってパイプ椅子のバランスが少し崩れ、ガタンと大きな音が響いた。

「ちょっ、楠原」

慌てて、早瀬くんが私の椅子の背もたれを掴んだ。

「っぶな……。座りながらコケそうになる人、初めて見た」

そのことで一気に縮まったふたりの距離。早瀬くんの吐息が私の耳をかすめて、瞬時に動悸が激しくなった。肩にも早瀬くんの腕が当たってるし、髪にも手が触れている。恥ずかしすぎて歪む顔に、体中の熱が集中してくる。

「孝文ー……っと、あれ？」

その時、ちょうど図書室の扉が開いて、ここ数日で何度も聞いた声が響いた。驚いた私は勢いよく起立し、そのことで今度は、早瀬くんがバランスを崩す。

「あ、楠原さん。孝文いねぇの？　今日」

木之下くんが、自習している人にまで十分響く声でしゃべりながら、こちらにズカズカ向かってくる。その声を聞いて、横の早瀬くんも姿勢を持ちなおして立ちあがった。

「いる」

「おわっ！　なに下から出てきてんの、お前。あやしー、やらしー、エローい」

私はその言葉に、今まで以上に顔を赤くした。ダメだ。違うのに、赤くなったらいっそうあやしまれてしまう。ていうか木之下くん、昨日高田くんに下品って言ってたのに、人のこと言えないじゃないか。

「陽平のせいで、なにもできなかった」

真顔でそう返す早瀬くんに、私は目が点になった。カウンターの目の前まで来た木之下くんは、口角を片方だけ上げて、ハッと笑う。男の子の冗談のやりとりは分からない。

「今日部活あるけど、終わったら寄るから、おばさんによろしく言っといて」

「お前、ちゃんと自分ちで食べろよ」

「だって、孝文んちのメシ、俺んちよりウマいんだもん」

ふたりとも、図書室だというのに普通にしゃべっている。まぁ、早瀬くんは気を遣って、声の大きさは木之下くんの五分の一くらいなんだけど。

私はひとり座りながら、隣に立つ早瀬くんと、カウンターに前のめりになりながら手をついて話す木之下くんの会話を聞いていた。昨日イトコ同士だって聞いたから、内容がすんなり耳に入ってくる。そして、なぜだか少しうれしく感じた。

「じゃ、あとで」

木之下くんが部活へ向かおうと、ようやく踵(きびす)を返す。

「あ」

かと思ったら、ふっと私の方を見た。

「楠原さん、昨日はどーも」

木之下くんは、さらりとそう言った後で、

「単純なんだね。前髪上げちゃって。ま、高田は喜ぶよ」

と付け加える。そしてニヤッと笑ったかと思うと、そのままスタスタと扉の方へ歩いていった。

「…………」

……な、なに言って……。ていうか、なんでわざわざそんなことを、よりによって早瀬くんの前で……。

出入り口のドアが閉められ、木下くんの足音が遠ざかっていく。図書室は、いつもの静けさを取り戻した。微妙な空気だけを残して。

カタンと音を立て、ゆっくり早瀬くんが椅子に腰を下ろす。

「…………」

私は、今の木之下くんの言葉を早瀬くんがどういうふうに受け取ったのかがとてつもなく気になり、同時に妙な寒気を感じた。

重苦しく続く沈黙。あぁ、イヤだ……この空気。

――パラリ。

え?

なにか言われると思っていた私は、早瀬くんが読書を始める音を聞いて、少し拍子抜けした。

……なにも、聞かないのだろうか？

「……………」

居心地が悪い。むしろ聞いてくれたほうが楽だと思うほどだ。

「早瀬くん」

私は頭で考えるよりも先に、口が動いていた。

「なに？」

ゆっくり顔をこちらへ向ける早瀬くんは、いつもどおりの無表情。

「き、昨日ね。実は、隣のクラスの男の子達とファミレスに行ってね。そしたら偶然、木之下くんもいて、私びっくりしちゃっ……」

「……………」

早瀬くんの表情は、一ミリも変わらない。興味があるのかないのか、まったく分からないような顔をして、私をただまっすぐ見ている。

「……て……」

私は自分がまくしたてて説明していることが、なんだかとても恥ずかしく思えてきた。

「あ……」

無言の早瀬くんにたじろぐ。沈黙がまた、重く深くのしかかる。

「なんで、俺に報告するの？」

不意に投げかけられた、心なしか冷たい早瀬くんの言葉に、私は凍りついた。見ると、すでに早瀬くんの目は文字を追っていた。

「なんて言ってほしいの？　〝よかったね〟？」

「………」

ぎゅっと膝の上のスカートを握る。私はうつむき、なにも言うことができなくなった。

自習している人のペンケースを閉める音が、離れた場所から小さく響く。そんな音さえ拾う静かな図書室で、小声で会話している私と早瀬くん。いや、もう会話は終わってしまった。

「………っ」

ヤバい、泣きそうだ。下を向き、顎に力を入れてなんとかこらえるも、震える唇は止められない。

その時、ふわっとなにかが私に影をつくった。

え？

「………」

おそるおそる早瀬くんを上目遣いで見る。いつの間にか早瀬くんが、うつむいた私の額の前に右手をかざしていた。

な、なに？

パラッと、額に前髪が落ちてくる。気付くと、早瀬くんに前髪を留めていたヘアピン二本を抜き取られていた。

「え……」

ヘアピンのせいで若干クセがついてしまった前髪が、不格好に額に散らばる。カウンターに片肘を立て頬杖をついている早瀬くんは、私に伸ばしていた手をゆっくりと下ろした。そしてそのまま、じーっと私を見る。

「…………」

表情が読めない。本当に分からない。このポーカーフェイス。

次第に自分が驚いた顔から、恥ずかしくてたまらない顔に変移していくのが分かった。早瀬くんに見つめられると、いたたまれない気持ちになる。視線を合わせてもらえないと、それはそれで不安になって、こっちを見てほしくなるんだけど。

早瀬くんは不思議だ。私を私自身にさえ、理解不能な人間にしてしまう。

「赤いよ、顔」

「……うん」

言われなくても分かってる。この顔の熱は、私が一番実感しているから。真っ赤で、涙目で、私はきっと、泣き叫ぶ前の赤ちゃんみたいな顔をしてるんだろう。

「ハ……」

案の定、私の顔を見てかすかに笑う早瀬くん。ペチペチと二回優しく私の頬を叩いて、仕方ない子だね、と言わんばかりの表情をした。

どういう意味？ なんで、ヘアピン取ったの？ なんで、そんな温かい目をするの？

私は心臓に、先っぽをきゅうっとつままれたような痛みを感じた。

緩く笑ったまま姿勢を戻して、読書を再開する早瀬くん。パラリとまた、ページをめくる音。……分からない。やっぱり早瀬くんは分からない。でも、なんだろう……。

心臓……痛い。

私はクセのついた前髪を何回も手ぐしで直しながら、古文の訳の宿題をやっているフリをした。心臓の音と戦いつつ、隣の男の子に意識を全部盗られていることを悟られないように。シャーペンを持つ手が震えていることを気付かれないように。

なのに、早瀬くんは私の動揺なんてどこ吹く風。いつもどおり。

「……」

二本のヘアピンは結局、返してもらえなかった。

似合ってない

「あれぇ？　昨日、かわいかったのに〜」

次の日。いつもどおりの髪型で登校すると、玲奈ちゃんと恵美ちゃんが、残念そうな顔をした。

「なんか、スースーしたから取っちゃった」

私は変な言い訳をして、自分の席に座る。そして、斜め三つ前の早瀬くんの背中をチラリと見た。聞こえただろうか？

「もったいないなー。まぁ、でも、これで分かったね。果歩りんが、磨けば光る原石だってこと」

玲奈ちゃんが満足げに言う。恵美ちゃんも、うんうん、と頷く。

「そんなことないよ。私なんて、全然……」

思ってもないこと、言わないでよ。しかも、そんな大きな声で。恥ずかしい。

「もう！　果歩りんのバカ！　自分の魅力に気が付いてないっ」

恵美ちゃんが腰に手を当て、私を指差す。

「よし！　今日の昼休み、思い知らせてやるからね、果歩りん」

恵美ちゃんは挑戦状を渡すかのような勢いで、そう言った。玲奈ちゃんは、隣でアハハと笑っている。私は、なんのことだか分からなかった。ちょうどチャイムが鳴って、ふたりはそのまま席に戻ってしまった。


昼休み。教室で三人固まっていつもどおりお弁当を食べ終えると、私が最後に箸を片付けるのを確認した恵美ちゃんが、

「スタンバイOK?」

と玲奈ちゃんに聞いた。

「OK」

玲奈ちゃんは恵美ちゃんに、親指を立てて見せる。なんなんだ、このノリは。やっぱりついていけない。

「ジャーン!」

ふたりは、いきなり机の上にメイクポーチを出して広げ、私に披露した。

「え?」

「果歩りん、メイクアップターイム!」

は? なに?

「スッピンもいいけどさ、たまにはメイクしてみようよ、果歩りん! せっかく眉そ

ろえたり前髪上げたり、オシャレに目覚めだしたんだからさ」

「そうそう、高校生なんだよ？　オシャレを楽しまなきゃ」

有無を言わせない語り口調で、目をキラキラさせているふたり。

「あ……いや、私は……」

メイクなんて、高校卒業してからでいい。どうせ似合わないし、うまくできないし。

「ナチュラルにするから。はい、目を閉じて」

恵美ちゃんの顔が近付き、すでにイヤだと言える状況じゃない。あぶら取り紙、下地、ファンデ、パウダーと、流れるように顔に乗せられていく。

「わっぷっ！　ちょっ、え、恵美ちゃん」

「ほら、肌とか超キレイだし」

「おぉ、いけるいける」

もう、ふたりにされるがまま。アイメイクやらチークやらグロスまで、慣れた手つきでテキパキ済ませてゆく。

あぁ、このふたりがメイク完璧なの、頷ける。あきらめて目を閉じたままそう思っていると、「はい、完了！」と、ふたりが声をそろえて言った。

おそるおそる目を開ける。目の前に手鏡を用意され、ふたりが私の第一声を待っていた。

「わ……」

正直、めちゃくちゃ濃くされたと思っていた。コテコテの、浮きまくりの顔になっているると想像していた。でも、これは……。

「かわいい……」

思わず、自分で自分に対してそう言ってしまった。

「でしょ？」

ふたりはにっこり笑って、鼻高々にそう言う。眉は自然な感じに整えられ、目はパッチリお姫様みたいにまつ毛がくるんとしてて、ラインはほんのりブラウンで、やわらかい印象。薄付きのピンクのチークは顔色を明るく見せ、透明感のあるグロスは主張しすぎず、とてもキュートで健康的に見えた。

私？　これ、ホントに……私？

「あ、ありがとう。恵美ちゃん、玲奈ちゃん」

私は立っているふたりを見上げて、心の底からお礼を言った。すると、ふたりはまたにっこりと笑った。

「言ったとおりでしょ？　果歩りん、元はいいんだから、そのよさを活かさなきゃ損だよ！」

損……。

恵美ちゃんが言った〝損〟という言葉で、早瀬くんに言われた『楠原はさ、多分、損してるよ』という言葉を思い出す。損してる……か。私、なんにしても最初からいろいろとあきらめすぎなのかな。

「………」

そう思ったら、目に見える周りの景色の色彩が、ほんの少しだけあざやかになったような気がした。

「あ、ちょうどいいところに！　ほらっ、高田！　こっち来て来て」

え？

突然、廊下の方へ大きな声をかける恵美ちゃん。たまたまうちのクラスの前を通りかかった高田くんを呼び止めて手招きしている。

「ちょっ……恵美ちゃん、いいよ」

「おー、なに？　深ざ……」

教室に入ってきて、こちらへ向かってくる高田くんがピタリと足を止める。

「か、果歩りんちゃん!?」

「あ、ついでに、おまけ」

玲奈ちゃんが、ひょいっと私の前髪をピンで留める。

「うわっ！　か、かわいい！」

そう言ったかと思うと、高田くんはいきなり大股で超至近距離まで駆け寄り、目の前で止まった。しゃがんで私の机に手をつき、下から目をキラキラさせて私を覗きこんでくる高田くん。アップすぎて、私の目は点になる。

「果歩りんちゃん、超似合う！　超かわいい！」

と、その時。どこかで昼ご飯を食べ終えた早瀬くんが、教室の前の入り口から入ってきた。

あ……早瀬くんだ。気付くだろうか？　このメイク。

「やっぱ、俺の言ったとおりじゃん！　前髪上げたら超かわいいし。ついでに、なにそのクリティカルヒットな胸キュンメイク」

あぁ、高田くんも声が大きい。そのうえ他のクラスの人だから、超目立ってるし。

「………………」

一瞬、こちらを見て立ち止まった早瀬くんは、次の瞬間にはふっと目を逸らし、自分の席に着いた。

べつに、なにか言ってほしかったわけではないけれど、明らかに興味がなさそうに顔を背けられた気がして、少しだけ傷つく。席に座られると、もう早瀬くんの表情は見えない。

「ねー、ねー、他のヤツに盗られる前に、告っちゃっていい？　俺」

「アハハ、バカだ、コイツ」

恵美ちゃん達が、高田くんを笑う。

「だってさ、この果歩りんちゃん、超タイプなんだもん」

冗談か本気か分からないけれど、高田くんはなおも褒めちぎる。私はなんて言っていいのか分からずに、愛想笑いを続ける。やっぱり、こういうノリは私には分からない。連発される『かわいい』も、うれしいのはうれしいけど、早瀬くんに言われるみたいには心に響かないし。

そう思いながらチラチラ早瀬くんの背中を見る。早瀬くん、今、どんな顔してるんだろ。私のメイクした顔になんて興味ないし、大して気にかけてない？　それとも、うるさいな、って怒ってる？

結局、高田くんはチャイムが鳴るまで、私の席の所ではしゃいでいた。午後の授業中も、私は早瀬くんが気になって仕方がなかった。

カタン……と静かな音を立てて椅子に座る。

放課後、図書室。今日は早瀬くんのほうが早かった。

「お疲れ」

「……お疲れ」

心なしか重い空気。それは、私の勝手な感じ方なんだけれど。メイクはそのまま、前髪だけは下ろしてからここへ来た。なんとなく早瀬くんの前では、上げたままにしたくなかった。

「…………」

「…………」

時計の音、読書スペースで自習している人の音、誰かが本を選んでいるのか床の軋む音、外の部活動の音。トロンボーンは聞こえない。今日は、風邪かなにかで休みなのかもしれない。

「…………」

なんだか、会話できるような雰囲気じゃない。それもまた、私の勝手な感じ方なんだけれど。私は無理に話しかけるのはやめにして、宿題をしようとカバンの中をあさりはじめた。

バサッと、急になにかが落ちる音がして、私は肩を上げる。見ると、私の足元近くに本がハの字になって落ちていた。

「悪い、手がすべった」

ふいに横から早瀬くんの声。あぁ……驚いた。早瀬くんが落としたんだ、この文庫本。

その本を拾おうと手を伸ばしかけた勢いで、私はパッと早瀬くんを見た。早瀬くんも、私を見ていた。今日初めて、早瀬くんとしっかり目が合う。

「…………」

無表情の早瀬くん。私はそのまま硬直して、目が離せなくなった。

「拾って」

「…………」

「拾って、楠原」

「あっ、ご、ごめんっ」

ぼーっと早瀬くんに見入っていた私は、ガタンと椅子を引いて慌ててしゃがみこみ、本を取る。あぁ、この本、私も読んだことがある。手に取ってそう思いながら曲げた膝を伸ばし、立ちあがろうとすると。

「…………っ」

またもやビクッとして固まる。目の前に早瀬くんの顔。私の右手は、いつの間にか同じ目線にかがんでいた早瀬くんに掴まれていた。

「……っあ」

びっくりして声が出そうになった口を、早瀬くんの手で押さえられる。

え？

いきなりのことに目を見開く。お互いにしゃがんだ状態で、誰からも見えないカウンターの下、向かい合う私達。早瀬くんの左手は私の右手を、早瀬くんの右手は私の口を封じたままだ。

「しー……」

ちょっぴりいたずらっ子のような笑みを浮かべ、声をひそめる早瀬くん。瞬時に、私の心臓はやかましく早鐘を打ちはじめ、顔もハイスピードで真っ赤になった。

なに？　この状況。か、顔が……近すぎるんですけど。

早瀬くんは、そっと私の口から手を離し、自分の手のひらを見る。

「グロス、ついた」

そうボソリと言うと、伏せた目をゆっくりとまた、真正面の私へと移す。

「………っ」

早瀬くんにまっすぐ見つめられて、また声を出してしまいそうになるほど胸が高鳴る。ただでさえ緊張するのに、こんな至近距離で真正面。それに、しゃがんだことでカウンターと壁にはさまれ、まるで、押し入れの中にふたりとも閉じ込められたような密室感だ。

私は緊張と動揺のあまり、床に膝をつき、正座を崩したような格好でへにゃっと腰を落としてしまった。なにも言わない早瀬くんは、しゃがんだままでなおも私の手を掴み、もう片方の手で膝の上に頬杖をついている。

「…………」

「…………」

な、なにか、言ってくれなきゃ困る。カウンターの下、影になって、早瀬くんの顔がぐんと大人っぽく見える。

「楠原はさ……」

ポツリと、早瀬くんがしゃべりはじめる。私はうつむけていた顔を、ほんの少し上げた。

「モテたいの？」

「へ？」

予想外な言葉に素っ頓狂な声を出してしまう。

「好きな人もいないし、彼氏がほしいとも思わないって、この前言ってなかったっけ？」

たしかに、言ったけど……。

「それなのにやっぱりキラキラした人達に、あこがれてるの？」

「ちが……」

「じゃあ、なんで？　なんで、かわいくなる必要あるの？」

「……………」

なんでって……。

ものすごく近い距離で、逸らさずに私の目を見る早瀬くん。吐息さえ私の髪にかかりそうだ。

心臓の音がうるさい。なにかに負けて逃げだしそうになるのを、ぐっとこらえる。

頭の中で、『一歩踏みだせ』『自分を知ってもらえ』と、声がする。すべて、早瀬くんに教わったことだ。今までずっと受け身だったけれど、今までずっと最初からあきらめてきたけれど、私は多分、変わらなきゃいけないんだ。そして、今がその時なんだ。

ぎゅっとスカートを握る。

「好きな、人が……できたから」

私はかすれた声でそう言った。

「……………」

いつもポーカーフェイスの早瀬くんが、一瞬だけピクリと眉を上げ、目を見開いた気がした。

「その人には……かわいいって……思ってもらいたい」

伝わるだろうか、早瀬くんに。私は早瀬くんに〝かわいい〟って言ってもらいたいんだ。モテたいとは違う、特別な人にだけそう思ってもらいたいその気持ち。早瀬くんには誤解してほしくなくて、私は一生懸命伝える。

心臓の音が、そのまま振動として鼓膜に伝わっているみたいだ。早瀬くんをまっすぐ見ている私は、目を逸らさないように逸らさないようにって、がんばって耐える。

「……ふーん」

早瀬くんは、そっと私の右手を離した。しゃがんだ両膝の上に腕をかけ、私の顔を覗きこむ。

「ムカつく話だね」

え？

ムニッと、左頬に小さな痛みを感じた。無表情の早瀬くんが、私の頬をつまんでいる。

「にゃ、にゃにして……」

私はつままれているので、うまくしゃべれない。

早瀬くんは一瞬「ふっ」と笑ったけれど、すぐにまた、掴みどころのない表情に戻った。

「ねぇ……楠原」

早瀬くんは頬をつまんだままで続ける。

「中二の頃、俺がちゃんとしゃべりかけていれば、今でも付き合ってたかな？　俺達」

「…………」

なんで？　なんで今、そんな話……。

早瀬くんは、目を逸らさずに私を見つめる。私はなぜか分からないけれど、ちょっとだけ胸が痛んだ。

「い、いひゃい……」

「ハハ、ごめん」

パッと私の頬から手を離す早瀬くん。よかった、これでちゃんとしゃべれる。

「はや……」

「ウソ。やっぱ忘れて、今の」

早瀬くんは私の言葉を遮ってそう言ったかと思うと、スクッと立ちあがった。目の前にあったはずの顔は、今やはるか高い位置。ただでさえ読めない表情が、なおさら見えない。

「あ……」

会話が終了したのが分かった。早瀬くんが自分で本を拾って、定位置に座り、また本を開きはじめたからだ。へたりこんだままの私は、急に今までの状況に恥ずかしさ全開になり、パッと立ちあがって急いで椅子に座る。

あれ？　なんか、もしかして……告白しちゃったような感じになっちゃったかも。

そう思ってまた、ひとりでに顔が紅潮する。

パラリと本をめくる音、終始無言の早瀬くん。なにかリアクションをくれないと、自分がいたたまれなく感じる。顔は動かさずに早瀬くんを横目で盗み見るも、彼の横顔は見事なまでのポーカーフェイス。早瀬くんは本当に分からない。近付いたかと思えば壁をつくり、壁をつくったかと思えば、するりと前ぶれもなく間近にきて。

でも、分からないからこそ知りたい。なんで、私の心を乱すようなことを言うのか。なんで、たまに私に触れる手が、そんなに優しくて温かいのか。彼の目には、私はどういうふうに映っているのか。

「…………」

自惚れが大半を占めるかもしれないけれど、私は嫌われてはいないと思う。むしろ……どちらかというと、好意的に思ってくれているんじゃないかって……思ったりも、していて……。

自分に都合のよすぎる想像が頭を占領していく。早瀬くんに心を読まれていたらどうしようと、チラリとまた彼を盗み見た。相も変わらず伏せ気味のまつ毛、文字を追う目。私はそれだけで胸がいっぱいになって、聞こえないように小さく息を吐いた。

卑屈で臆病な私を見抜いてもなお、笑いかけてくれる早瀬くん。だからこそ、彼のことがもっと知りたいし、自分のことをもっと分かってもらいたいし、『かわいいね』

と言われたい。

カウンターで宿題をするフリをする私。動かしてもいないのに、握っていたシャーペンの芯がポキ……と折れた。


五時のチャイムが鳴った。図書室に誰も残っていないのを確認して、ふたりで廊下に出る。早瀬くんが施錠をし、職員室の方へ足を向けた。

「あ……」

あれからしゃべれなかったから、私はもう少し早瀬くんと言葉を交わしたかった。

明日も来週も来月も放課後になればしゃべれるんだけど、なんだか少し欲ばりになっているみたいだ。

「あの……」

いつものように、ゆっくり振り返る早瀬くん。その表情は、やはり読めない。

「ついていっても……いい？」

「……いいけど」

がんばって言った言葉に、特別感情を含まない返事。なんか早瀬くん、急にそっけなくなったような気がする。気のせいかもしれないけれど。

私はいつかのように、早瀬くんの斜め後ろをちょこちょこと職員室までついていっ

た。カギを戻し、靴箱まで無言のまま後に続く。すると、靴箱を開けた早瀬くんがようやくこちらを振り返り、

「一緒に、帰るの？」

と聞いてきた。

『一緒に帰る？』とは微妙にニュアンスの違う言い方。少し突き放された感があったけれど、私は「うん……」と言って小さく頷く。今までだったら、めげて、あきらめていたかもしれない。だけどなぜか、今日は引き下がりたくなかった。

正直、今の私の積極性に一番驚いているのは、自分自身だ。恵美ちゃん達にメイクしてもらって、高田くんに『かわいい』を連発されて、ちょっと調子に乗っているのかもしれない。動悸の速さと赤面は相変わらずなんだけれど、私は少しでも早瀬くんの〝特別〟になりたくて、少しだけ速い早瀬くんの歩調にがんばってついていった。

「おー、早瀬じゃん」

靴箱から校門へ向かっていると、ザク、ザクと聞き慣れない足音と、ガタイのいい見慣れない男子生徒が近寄ってきた。サッカー部のユニフォームだから学年が分からない。

「あ、どーも、先輩」

早瀬くんは見知った感じで、軽くペコリと頭を下げる。先輩ということは、三年生

といううことで間違いない。

「お前、腰のヘルニア、もう大丈夫なの？」

「はい。もうドクターストップ解除されたんで、来週からは復帰できます」

「マジ頼むぞ。俺ら三年は後がないんだから、お前に抜けられると相当痛いし」

「ハハ、持ちあげるの、うまいっすね」

「いや、笑いごとじゃなく。本音だし」

ポンポンと会話の弾む、早瀬くんと先輩さん。えらく親しげだ。早瀬くんもいつもの数倍笑っているし、男の先輩なのに嫉妬(しっと)してしまう。

それよりなにより、会話が見えてこない。私の頭の中に、たくさんのハテナが発生中だ。

「なに？　彼女？」

ひょこっと、早瀬くんの横から先輩さんに覗きこまれる。

「いえ、違います」

すかさず答える早瀬くん。真実なんだけれど、ほんの少し落ちこむ。

「それじゃ、休憩終わるから行くわ。じゃーな」

「お疲れ様です」

スパイクの特徴のある足音が遠ざかる。なんだったんだろう？　しっくりこない今の会話。

『ヘルニア』？　『ドクターストップ』？　『来週からは復帰できます』？

　ぽかんとして見ていた私を早瀬くんはクスリと笑い、「帰ろ」と言って足を進めはじめた。


　前に帰った時と同様、大通りから一本中に入った道を歩く。歩きながら、なにから質問していいものやら、私は一生懸命頭を整理する。

「ヘルニアって……」

「うん」

　斜め後ろを歩いていた私は、少し歩を速めて早瀬くんの横に並ぶ。

「大丈夫なの？」

　早瀬くんは歩調を少し緩めて、隣の私を見た。

「大丈夫だよ。春休み前から治療に専念してたから、もうほぼ痛みもないし」

　そっか、よかった。私は心から安心する。

　えっと、それと……。

「来週から復帰って、なにに？」

　私はさっき聞いていた会話を思い出しながら、質問を投げかける。早瀬くんは前に

向き直り、

「サッカー部」

と言った。

「あれ？　美術部って……」

「あぁ、あれ、ウソ」

私は一瞬、思考が停止する。

え？　ウソ？

「俺、サッカー部なんだ」

「だって、クラブチームって言って……」

「それはホント。週末に顔出してる」

悪びれることもなく、早瀬くんは淡々と説明する。

「えっと……絵、描いてるって……」

木之下くんも言ってたし。家にアトリエまであるって。

「それもホント。美術部じゃないけど、家で描いてる」

ん？　あれ？　なんだか頭の中がこんがらがってきた。自分の足元を見ながら一生懸命考えようとするけれど、一気に入ってきた情報に頭がついていかず、早瀬くんがなにを言っているのかよく分からない。今、私はものすごくマヌケ顔のはずだ。

「今日木曜だから、明日までなんだ、俺」

「え？」

「放課後のカウンター係」

「…………」

住宅街に差しかかり、整えられた垣根の木々や歩道脇の草花が、風でサワサワと音を立てる。夕方から夜へと向かう空気の変化に、初夏なのになぜだか冷たさを感じた。

ウソをつかれていた事実も、明日までだというカウンター係のことも、いまひとつピンとこない。どうでもいいことのように言われたからか、その理由を追及することすら無意味に思えてくる。

空を見上げると、雲が広がっていた。ところどころひび割れのように隙間があって、そこからオレンジ色のほの明るい光をこぼしている。たがいに無言で歩き続けると、公園の横を過ぎ、家の近くまで来た。十字路に差しかかると、私は歩みを緩め、ゆっくりと足を止める。

「…………」

なんだか頭がうまく働かない。他にもなにか、早瀬くんに聞きたかったことがあったような気がするのだけど……。

雲のせいでいつもより薄暗い中、私に合わせて立ち止まった早瀬くんが振り返り、

二メートル先から、

「楠原」

と呼んだ。

ぼんやりしていた私はゆっくりと顔を上げ、いつものやわらかい表情の早瀬くんを見る。

「その化粧、全然似合ってない」

…………え？

思いもよらない言葉に、表情と思考が硬直した。何を言われたのか、うまく言葉を飲みこめない。

「バイバイ」

「…………」

手も振らずにそう言って、自分の家の方向へ帰っていく早瀬くん。呆気にとられた私は、しばらく彼の後ろ姿を見送った後、まるで電池が切れかけのおもちゃのようにのろのろと自分の家に入った。

私は無意識に、早瀬くんからの『かわいい』を待っていた。勝手に早瀬くんに期待して。少しは特別に思われていると過信して。

でも…………。

『全然似合ってない』

「………っ」

言われたことをようやく理解すると、浅はかだった自分が浮き彫りになり、恥ずかしさに心が押しつぶされそうになる。思いがけないことの連続の中、極めつけの言葉に打ちのめされてしまった。

お母さんが私の顔を見て、「あら、かわいいわね」と声をかけてきた。でも、それはテレビの中のアナウンサーがしゃべっているようにどこか遠い所から聞こえた気がして、全然うれしくなかった。

最後のアドバイス

カウンター係、今日が最後。『全然似合ってない』。カウンター係、今日が最後。『全然似合ってない』。

このふたつが、朝起きてから私の頭の中をぐるぐるぐるぐるしていた。昨日の夜はうまく考えられなかったけれど、ひと晩明けていくぶんクリアになった頭に、何回も何回も爆弾が落ちてくる。

早瀬くんは実はサッカー部で、来週から復帰で、カウンター係は今日までしかできなくて。加えて、私の昨日のメイクは全然お気に召さなかったらしくて、『かわいい』って言ってもらおうなんて、滅相もない話だったわけで……。

「…………はぁ」

一日ずっと、斜め三つ前の早瀬くんをチラチラ見ていたけれど、本人はいつもとなんら変わらない。落ち着きはらった仙人みたいな所作で、黒板を見たり、外に目をやったり、欠伸をしたり、シャーペンを回したり。

放課後一緒にいられるのが最後だということは、早瀬くんにとっては大したことじゃないのかもしれない。現に、昨日偶然あの会話の場に居合わせなければ、知るのは来週月曜日だったのかもしれないし。

「今日、メイクしてくるかもって期待してたのに～」って、プンスカしている恵美ちゃんや玲奈ちゃんをよそに、私は早瀬くんのことが気になって気になって仕方なかった。まるで、胸の中に石を飼っているような気分だ。

HRが終わって放課後に突入するや否や、恵美ちゃんが私の所に駆けてきた。

「果歩りん果歩りん果歩りん！　今日、今からカラオケ行こっ！」

「え？」

ツバが飛んできそうなその勢いに、びっくりして聞き返す。

「この前のメンバーで、ね！　もう、高田達には言ってあるし」

チラリと早瀬くんの席を見た。HRが終わった直後だから、早瀬くんはまだ帰り支度の途中だ。恵美ちゃんの声も大きいし、多分聞こえてる。

「いや、私、今日は……」

「果歩りんちゃんっ！」

その時、廊下から私の席まで足早に近づいてくる音がした。

「マジで遅いよ、このクラスのHR。待ってたんだ！　行こ、一緒に」

高田くんが間近まで来て、屈託もなく笑う。廊下には、この前の男子と木之下くんの姿も見えた。

ちょっ……ちょっと待ってよ。私、まだ返事してないのに。

「今日は……ごめ」

「ねー、行こうよ、早く」

高田くんが私の言葉をさえぎり、腕を掴んで引っ張った。周りのガヤガヤにまぎれてはいるものの、彼の声は相変わらず大きかった。

どうしよう。今日は、早瀬くんと放課後一緒に過ごせる最後の日なのに。

「果歩りん！　遊ぶことも覚えなきゃ。行こうっ！」

玲奈ちゃんも私の席まで来て、背中をポンと押す。

「や……」

今日で最後なのに。今日を逃したら、早瀬くんともう接点がなくなるかもしれないのに。

「イヤ……」

イヤだ。イヤだ……そんなの。

「果歩りんちゃん。ねぇ、行――」

「イヤだっ!!」

予想以上に大きな声が出て、一瞬、その場がシン……となった。クラスにまだ残っている人達が、え？　なになに？　って顔で、こちらを注目する。高田くんはもちろん恵美ちゃん達や、廊下の木之下くん達も目を丸くしていた。

あ……私？　私、今……叫んで……。

凍りついた教室の空気に、自分でさえ驚いて頭の中が真っ白になる。いきなり感情的になったためか、涙が出る時の、鼻の奥のツンとした痛さがじわじわと迫ってくる。

「……………」

周囲がザワザワしてきだした。私に注目しながら、みんなヒソヒソとなにか言っている。どうしよう……どうしよう……。私、こんな雰囲気にするつもりじゃ……。

「…………っ」

その時。ふわっと、小さな風が起こった気がした。

「悪い、深沢。今日、新刊書籍の登録と本の整とん作業があって忙しいんだ。楠原、貸せない」

顔を上げると、目の前に一面の白が広がる。

「……………」

早瀬くんの背中だった。再び、教室内が静まりかえる。

え？　なに？　早瀬くんがなんで？　それに、『新刊書籍の登録』とか『本の整とん作業』って、なんのこと？

「あ、あぁ、そう……そっか。果歩りん、図書委員だもんね」

驚いているためか、うわずった声の恵美ちゃん。毅然とした態度で間に入って立っている早瀬くんに気圧されて、ほんの少しあとずさった。高田くんも私の腕を掴んだまま、唖然とした顔で固まっている。

「うん、ごめんね」

そう言うと、早瀬くんは私の腕を掴んで、そのまま外へ引っぱっていった。勢いで、高田くんの手から私の腕がするりと抜ける。

慌てた私は、自分のカバンを握るのが精いっぱいで、恵美ちゃん達になにも言えないまま、教室をあとにした。


図書室に着いた。今日は人がいる気配がない。私はカウンターにたどりつく前に気が抜けて、ヘナヘナと木の床にへたりこんでしまった。

「楠原」

ふっと笑った早瀬くんが、握ったままの私の腕を持ちあげようとする。私は、よろけながらもがんばって起きあがり、半ば早瀬くんに介護されているような形でカウンターの中に入った。

早瀬くんが椅子を出してくれて、ようやく腰を下ろし、呼吸を整える。

び……っくり……したぁ……。

自分がなにを言ったのか、自分になにが起こったのか、いまだに頭の中が散らかっている。

「ちょっと待ってて」

早瀬くんは図書室からいなくなり、三分ほどして、いちごオレとコーヒーのパックジュースを手にかかえて戻ってきた。

「はい」

ストローまで挿してくれて、私の手にいちごオレを持たせる早瀬くん。私は口をすぼめて、一気にそれを吸いこんだ。甘くて冷たい液体が喉を通り、私の心や頭にまで染みわたっていくようだ。そのことで私はようやくさっきの一連の流れを把握し、早瀬くんがウソをついてあの場を収めてくれたことを理解した。

「落ち着いた？」

早瀬くんは私が好きな笑顔で、頭を軽く撫(な)でてくれる。

「あ、ありがと……」

「できたね。自己主張」

「や。あれは……ただ、子供っぽい駄々(だだ)みたいな……」

そう、私はただ、今日で最後の早瀬くんとのこの時間を邪魔されたくなくて、今日だけはヤダ、と駄々をこねたかっただけなんだ。先ほどの失態を思い出して、穴があったら入りたいほど恥ずかしくなる。

「自分を知ってもらう第一歩だよ。かっこよかった」

早瀬くんも自分のコーヒーにストローを挿し、そっと口に運ぶ。

その言葉は、たしかにうれしくて私の心を軽くしたのだけれど、私はなんだか泣きそうになった。せっかく善意で誘ってくれた恵美ちゃん達に申しわけないことをした。高田くんにも、イヤな思いをさせてしまっただろう。

「…………っ」

自分の不甲斐なさに込みあげてくる涙をこらえ、頬に力を入れる。

「月曜日、ちゃんと話をすればいいよ。それで分かってくれないような人達だったら、無理して一緒にいる必要もないし」

早瀬くんは、ひとりが平気だからそんなこと言えるんだ。女の子が教室の中にひとりでいることのつらさを分かってない。

「俺、深沢達がそういうヤツらじゃないって、分かってるから。アイツら、ホントに楠原のこと好きみたいだし」

「え？　なんで……」

仲がいいわけじゃないのに、なんで早瀬くんにそんなこと分かるの？

「見てれば分かるよ」

早瀬くんは、微笑みながらそう言った。

「…………」

早瀬くんはやはり、なにか特別な能力を持っているのかもしれない。洞察力がハンパないし、なにより、そう言われると本当にそうなのかなと信じてしまいそうになる。

「もしダメでも、俺が一緒に昼ご飯食べてあげるし」

そんなことをサラリと言う早瀬くんに、私は、

「早瀬くん、いつもどこで食べてるの？」

と質問をする。

「屋上。本読みながら」

私は、屋上で本を読む早瀬くんを想像し、ほんの少しだけ頬を緩めて、「早瀬くんらしい」と呟いた。

「やっと笑った」

早瀬くんはうっすら笑ったまま、カウンターに肘をついて私を見つめる。

あぁ……また、この〝間(ま)〟だ。早瀬くんを、落ち着いているけれどどこかミステリアスな雰囲気にさせる、この沈黙の使い方。そのうえ、見つめたまま目を離さないから、なおさら私の心拍数を上げる。

「あ、や、やっぱり……早瀬くんは大人だね」

私は高まる緊張感に耐えかねて、ふいっと目を逸らしながら話す。

「そう見える？」

「うん。めちゃくちゃそう見える」

ギッ、と椅子の音。早瀬くんは体を反らせて、いったんパックコーヒーを飲んでから、

「そんなことないよ。顔に出ないだけで、すっごいガキだし、ホント」

と言った。

「ウソだ。自分のことを子供だって言えちゃうのは、大人の証拠だよ」

「楠原」

私の声と少しかぶって、名前を呼ばれる。早瀬くんを見ると、また静かに笑ってこちらを見ていた。

「せっかく高田達と遊べたのに、邪魔してごめんね」

「………」

なんで急に、そんなことを言うんだろう？　早瀬くん。それに、なんで〝深沢達〟じゃなくて〝高田達〟なんだろう？

私は少しだけ疑問に思ったけれど、

「邪魔じゃなくて、助け舟だよ」

　と笑って返した。早瀬くんが来てくれなかったら、私はあのまま、きっと泣いていた。あの雰囲気を自分で収拾できないまま、もっとぐちゃぐちゃにしていた。クラスでは、あまり話さない早瀬くんだけど、その早瀬くんが私を助けてくれたということが、このうえなくうれしかった。

「……最後だね」

　視線を前に戻した早瀬くんは、ポツリとそう言った。すぐに、なんのことか分かった私は、ストローから口を離して「うん」と返す。

「ひとつ、告白していい？　楠原に」

「え？」

〝告白〟という言葉に、胸がドクンと跳ねた。なにを言われるのか、という緊張と期待が体を一気に駆け巡って、私は目を泳がせる。

「俺、中二の頃、ちゃんと楠原のことが好きだったんだよ」

　椅子に座ったまま、ちょっと前のめりになってそう言った早瀬くん。その体勢で私を見上げるようにして、ふわりと笑う。

『中二の頃』？　なんで今、そんな話……。

　私は、急に中学校の時の話をしだす早瀬くんに、戸惑った顔を向ける。

「正直、鈴村が代わりに告ってきた時には、楠原のこと、顔と名前は一致するけど、って程度だった」

『鈴村』とは、京子ちゃんのことだ。

「でも、ありがちなことに、そこからどんどん意識するようになって」

「…………」

「よく見てたんだよ、実は。声はかけられなかったけど」

……そうだったんだ。うれしい。うれしいけど……。

「ああいうのって、普通男のほうから、ちゃんと声かけなきゃいけなかったんだよね。ごめんね。ただ、恥ずかしくて、勇気がなかった」

「いや、違うよ。私のほうが……」

うれしいはずなのに、なぜか胸が痛む。過去のこととはいえ、互いにすれ違い、思うように付き合えなかったことが悲しいからだろうか。いや……なんか違う気がする、この胸の痛みは。

早瀬くんは、また静かに微笑んだ。

「ずっと謝りたかったし、ちゃんと気持ちがあったって言いたかった」

そう言った後で、大きく息を吐いた早瀬くん。今、なにかがひと区切りついたような雰囲気になった。早瀬くんの伝えたい『告白』が、終わっちゃったんだ。

私はなんで、うれしいという感情がこんなにも薄いんだろう。なんで、この『告白』を心から喜べないんだろう。

「………」

そっと、早瀬くんを見る。早瀬くんはさっきと同じ微笑みで、私を見ていた。

『楠原のことが好きだった』

目の前に、なにか薄い膜があるかのようだ。私と早瀬くんを、とても静かに隔てている。私はゆっくりと視線を落として考えた。この言いようのない感情はなんなのだろうと。

『ちゃんと気持ちがあった』

そして、ようやく思い至る。早瀬くんが言っているのは、三年前のことだと。今じゃない、と。

「………っ」

すべてを、過去形で話した早瀬くん。早瀬くんにとってはもう終わったことなんだと思うと、切なさが痛みを伴って胸に染み広がった。

「楠原は違ったでしょ？」

「……え？」

「本当に好きかどうかも分からないまま、鈴村が勝手に俺に告った。……違う？」

「………」

早瀬くんを見たまま、私はなにも言えなかった。『違う？』と聞かれてそれを否定できないのは、それがほぼ正解だからだ。私は、なんて返せばいいのか分からず、小さく口を開けたままで硬直する。

「なんとなく分かってた、楠原の反応で。声をかけられなかったのも、そのせいだったのかもしれない」

ふっと笑う早瀬くん。

「って、言い訳だね。潔くないわ、俺。楠原のせいにして」

ぶんぶんと頭を振る私。なんだろう。もどかしい。伝えたいのに、伝わらない。弁解したいのに、言葉が見つからない。

「あー、すっきりした」

早瀬くんは、そう言ってまたパックコーヒーを飲んだ。

なにか……なにか言わなきゃ。今日でもう、話す機会がなくなってしまうかもしれないのに。

「…………っ」

でも、なんて言えばいいんだろう。どう言えば、私の気持ちがちゃんと伝わるんだろう。いちごオレのパックが、私の握る力でわずかに歪む。

「以上でした」

早瀬くんがそう言うと同時に、図書室の扉がカラカラと開いた。返却の本を持ってきた男子生徒がカウンターに向かってきたので、早瀬くんがすかさず腰を上げる。

あぁ、話にちゃんと区切りがついたようなタイミングだ。私はその横に座ったまま、すでにぬるくなったピンク色の液体をすすった。味はあまり分からなかった。


あっという間に五時のチャイムが鳴った。いつものようにパイプ椅子を畳んで、外へ出る準備をする。室内に誰も残っていないか確認し、扉を閉めてカギをかける。

カチャリと、静かな長い廊下に施錠の音が小さく響いた。私は、カギをかけてくれた早瀬くんをそっと見上げる。

これで終わっちゃうんだ、早瀬くんとのカウンター係。こんなに近くで早瀬くんの顔を見ることも……なくなるんだ。

早瀬くんは、静かに私を見下ろして笑った。一学期間、放課後ずっと一緒だと思っていた早瀬くん。クラスは同じなのに、来週から離れ離れになるみたいな気になる。

実際、話すこともなくなるだろう。私も早瀬くんも、クラスの中でそういうキャラじゃない。

もっと話したかった。もっと近くで見ていたかった。もっと知りたかったし、もっと……知ってほしかった。

ほんの少し教室でがんばれば、叶うことかもしれない。けれど、図書室だったら普通にできていたことでも、みんなの目があるだけで、とてつもなく難しいことに感じる。きっと、私には……できない。

いつかと同じシチュエーション。オレンジとグレーのほのかな夕日の明かりが、早瀬くんの横顔を照らす。カギを手に持ったまま、動こうとしない早瀬くん。私を優しく見つめている。

なんだか泣きそうだ。胸がきゅうっとなって、心臓を絞られているみたいになる。

「あ、ありがとう。今まで」

私は間が持たなくて、ペコリとお辞儀(じぎ)をした。

「ハハ。なに？　今生(こんじょう)の別れみたいに」

私を見下ろす早瀬くんの顔が少し、くしゃっとなった。

「いろいろ、アドバイスくれたから、ちょっと、私、なんか……がんばれるかも」

「なんか言ったっけ？」

「うん、ズケズケと、いろいろ……言ってくださいました」

うつむきがちに話す私の頭を、早瀬くんの笑った息がかすめる。

「私も、早瀬くんみたいになる」

「なにそれ？」

「冷静になって客観的に物事を考えられるような、大人な人間に」

「楠原」

「え？」

早瀬くんが、唐突に私の言葉をさえぎった。

「最後のアドバイス」

「あ……うん」

私は一瞬目が丸くなったけれど、口をつぐんで、早瀬くんの言葉を聞くことにした。

「楠原は、ひとつの面だけ見て、それが相手のすべてだって決めつけすぎ」

「…………」

う………。

頭にずしりと大きな石を乗せられたような、予想以上に辛口の言葉。最後の最後に、そんなこと言わなくても、とへこんでしまう。

「わざとかと思ったけど、卑屈とか臆病とか、性格のこととはべつに、そういうクセを持ってる」

「……はい」

こんな時にまで、早瀬くんの言うことは耳が痛い。

「もったいないと思うのと同時に、腹が立つよ。マジで」

「……う」

容赦（ようしゃ）ない言葉に、うつむいていた顔を上げる。けれども、早瀬くんの顔は怒っている顔じゃなくて、さっきから続く静かな笑顔だった。私の反応を見て楽しんでいるのだろうか。だとしたら悪趣味だ。

「俺のことを大人だって言うのも、もしかしたらそういう面があるのかもしれないけど、それがすべてじゃない。楠原の目で見えている俺だけが、早瀬孝文じゃないよ」

なぞかけのように、早瀬くんから繰りだされる言葉。私にとっては難解で、早瀬くんがそう言う意図がよく分からない。

「…………」

私は上目遣いで、眉をハの字にさせる。

「深沢も牧野も、他の人達もみんな、いろんな角度から見てみたらいいよ。とくに、あのふたりは楠原と仲よくなるために自分のこともさらけだしてるし、楠原のいいところを引きだそうって、純粋にそう思ってる」

「…………」

「俺を含めて、みんな、完璧な人間なんていないよ。他の面では、悩んでたり、がんばってたり、自分を押し殺してたり。見下している人も見上げている人も結局、一緒。

「傷つくのが怖いのも、楠原だけじゃない」

『楠原だけじゃない』という言葉に、自分のひとりよがりな部分をグサリと刺されたような気がして、私は完全にうつむいてしまった。

そうだ。そうなんだ。私は自分を棚に上げて、勝手に人のことを自分基準で決めつけている。そして決めつけたら最後、それ以上相手に踏みこんで、知ろうとする努力をしていない。

「…………っ」

そっと早瀬くんが私を覗きこむ。早瀬くんの目は、もう見られなかった。

「最後まで泣かしちゃったね。……ごめんね」

早瀬くんは、私の頭を撫でた。今までで一番、優しくて温かい手だった。心臓がぎゅうぎゅうに締めつけられて、つぶれてしまいそうだ。涙は一層、ポロポロと床に落ちる。

「じゃ、サッカー部に少し顔出して帰らなきゃいけないから、途中で俺がカギ返しておくよ」

なにも答えない私の頭を軽くポンポンとして、早瀬くんはその場から立ち去った。

私はうつむいたままで、早瀬くんの足音がだんだん遠くなっていくのを、ただ聞いていた。

告白

月曜日。

教室に入るのが、少し怖い。恵美ちゃんと玲奈ちゃんにどう言って謝ろうかと土日に一生懸命考えたけれど、結局考えはまとまらなかった。

ふぅ……と、周りに気付かれないように深呼吸する。

よし、素直に思ったことを言おう。そう決心してスライド式の扉に手をかけると、

「あ、果歩りん。おはよー」

と、少し扉を開けたのと同時に、後ろから背中をポンと叩かれた。

「え？」と言って振り返ると、「おはよ」と言うもうひとつの声。ちょうど、恵美ちゃんと玲奈ちゃんが、ふたり並んで私の背後に立っていた。

「あ、お、おはよ……」

いつもどおりの笑顔の恵美ちゃんと玲奈ちゃんに、私は面食らったままで動けない。

「入らないの？」

恵美ちゃんが首を傾げてそう言ったので、私は、

「あ、あの。ふたりとも、こっちに、ちょっと」

と彼女達の手を引いて、廊下の隅の窓の方へ移動した。ふたりは意外そうな顔をして、「え？　果歩りん。どしたの？」「ヤベ？　拉致？　うちら拉致られてる？」と笑いながらついてくる。

隅まで行くと、私はくるっと振り返り、「ごめんなさいっ」と頭を思いきり下げて謝った。

「あっ、あのね。実は、私、早瀬くんのことがす、好きで、早瀬くん、ホントはサッカー部で、先週の金曜日が放課後最後で、遊ぶのがイヤだったわけじゃなくて、ただ、その日がどうしてもダメだっただけでっ」

小声だけれどひと息で説明すると、

「えぇぇぇぇっ？　なに？　なにそれ、果歩りん、早瀬のことがなんだって!?」

「わーお、意外だわ」

と、ふたりとも驚いた表情を見せる。

「それでねっ、あのっ」

「ちょっ、ちょっとタンマ、果歩りん。落ち着いて。わけ分かんないから、なに言ってんのか。一回、話を整理しよう」

息の上がっている私をなだめようとする、恵美ちゃん。玲奈ちゃんは私の必死さがおかしいのか、クスクスと肩を揺らして笑っている。

「えーっと、まず？　まずは、果歩りんは早瀬が好きだと」

恵美ちゃんの確認に、コクコクと頷く。いつの間にか、私は涙目になっていた。

「金曜日は、早瀬と放課後に一緒にいられる最後の日だったと」

「うん」

「そんで、うちらと遊びたくないから誘いを断ったわけじゃなかったと」

「うんっ」

私はふたりの目を交互にまっすぐ見ながら頷く。

「なーんだ」

すると、ふたりとも同時に気の抜けたような声を上げた。

「ご、ごめん。ホントに」

再度、深々と頭を下げると、

「果歩りんに、嫌われたかと思った」

「うん。たしかに、最近うちら、しつこかったし」

ねぇ、とふたりは顔を見合わせながら言った。私は、今度はぶんぶんと頭を横に振る。

「よかった」

恵美ちゃんがにっこりしながら、私を覗きこむ。

「ありがと。ちゃんと言ってくれて、うれしいよ」

　私は、とてもシンプルな恵美ちゃんのその言葉を聞いて、後ろでニコニコしながら頷いている玲奈ちゃんを見て、なんだかまた自然と目がうるんだ。ふたりとも強引だし、私とは真逆な性格だけれど、私に比べてずっと素直で、ずっと心を開いてくれている。自分を省(かえり)みて、ものすごく恥ずかしく思えた。

「つーか、果歩りん。早瀬って」

「うん、また、マニアックなとこに行ったね」

「ご、ごめん。ちょっと、声を小さくしてほし……」

　廊下には私達だけじゃなく、登校してきた生徒達や、固まっておしゃべりしている生徒達が何人かいる。その人達に聞こえないかと内心ヒヤヒヤしながら、私はシーッと人差し指を立てて訴えた。

「ハハ、ごめんごめん。いや、早瀬はイケメンの部類だけど、クールすぎて近寄りがたいイメージがあるから」

　玲奈ちゃんが顎に手を当てながら笑う。

「や、優しいんだよ。図書室では」

　真っ赤になってそう言うと、ふたりとも私の言葉に目を丸くした。そして、次の瞬間思いきり噴きだす。

「あははっ！　果歩りん、その言い方ちょっとエロいし」

玲奈ちゃんが私の肩を叩いていっそう笑うもんだから、私はもっと恥ずかしくなってしまった。

「でも、なんか分かる。この前の金曜日の早瀬、ちょっとかっこよかった」

「うん。つーか、初めて間近で顔見て、声も聞いて、ありゃ、なかなか……」

恵美ちゃんの言葉に、玲奈ちゃんが相づちを打つ。そして、ふたりとも私の顔を見て、「がんばれっ！」と言って笑った。

　恵美ちゃんは、ひとなつっこくて、とにかく明るい。玲奈ちゃんはサバサバしていて、姉御肌。私は今日の今日までふたりを一緒くたにして見てきたけれど、話をしていくうちに、ふたりの性格の違いがだんだん分かってきた。今さらながら、相当失礼な話だけれど。

　私が『キラキラしている』と勝手にカテゴライズしていた人達は、みんなそれぞれ、ちゃんと人間らしい人達だった。笑ったり、怒ったり、悩んだり、照れたり。基準は違えど、それぞれにちゃんと備わっている感情やその表現方法。

　やっぱり、このノリついていけないな、とか、私とは全然違うな、って思うことはたくさんある。でも、早瀬くんが言ったように、その面だけがすべてじゃない。それは、自分にとっても相手にとっても、そうなんだ。そして、他の面を知りたいとか知ってもらおうとか、そういうアクションを起こさない限りは、相手も自分も、お互いに浅くて薄い存在にしかなりえないんだ。

踏みこむことも踏みこませることも、仲よくなるためには必要なこと。本当の友達がいる人達にとっては当たり前のことかもしれないけれど、それは私がここ数日で獲得した、目からウロコ的な新発見だった。

まずは、自分のことを話そう。そして、相手を知るために質問をしよう。高二で、もう大人に一歩足を踏み入れているような年代の私だけれど、小学生が掲げるようなスローガンで気分を新たにした。


放課後、図書室。

カウンター席に、ひとり座る私。グラウンドから聞こえる、ボールがバットに当たる小気味よい音、砂と一緒にボールを蹴る乾いた音。大勢で走る靴音と、かけ声。音楽室から聞こえる、トロンボーンの間の抜けた音。

読書スペースには自習をしている人がふたりほど。本を選んでいる人はいないみたいだ。

パラリと音をさせて、私はさっき本棚から持ってきた推理小説を開いた。隣に人がいないから、集中して読書できるはずだった。でも、目次の文字を目で追いながらも、私はその先を読む気にはなれない。

「………」

ふぅっ、とため息。その小さな息の音さえも、この図書室には響いてしまう。小声だったとはいえ、私と早瀬くんの会話も響いていたんだろうな、と今さらながら思い返して苦笑いする。

先週まで早瀬くんが座っていた場所を見た。椅子は折り畳まれているから、そこにはぽっかりとスペースができている。

私は昨日一昨日の土日で、いろんなことを考えた。恵美ちゃんと玲奈ちゃんのことはもちろん、自分のことも、早瀬くんのことも、中二の頃のことも。

正直言って私は、中二の時の早瀬くんとのことは、〝初めての交際〟としても〝初恋〟としてもカウントしてこなかった。むしろ、恥ずかしくて思い出したくないような過去として、なるべく記憶の隅へ隅へと追いやってきた。

金曜日に言われた、『楠原は違ったでしょ?』という言葉。早瀬くんに聞かれて返事に窮したし、たしかに自分の中でも、『恥ずかしかった』という気持ちの大きさに、『本当に好きだったかどうか』なんていうのは飲みこまれたまま、ほったらかしだった。

でも……。

「………」

私はぼんやりと、早瀬くんが座っていたパイプ椅子を見続ける。

思い返せば、中二の時……〝付き合っている〟ということになっていた、あの頃。早瀬くんがサッカーの試合で得点を決めたと聞いた時には、自分のことのようにうれしかった。早瀬くんがテストで学年一位を取った時には、自分のことのように誇らしかった。無口な早瀬くんの声を聞いた時には、それを録音して残しておきたいと思うほど胸が高鳴った。中三になってクラスが変わってからも、廊下にその姿を確認するたび、目が彼を追っていた。

最初は違ったのかもしれないけれど、恋によく似た自己暗示だったのかもしれないけれど、でも、私はたしかに彼を意識し、彼に想いを寄せていた。しゃべりかけることができない彼氏の早瀬くんに、私は『恥ずかしい』に隠れて、ちゃんと恋をしていたんだ。

今、ようやくそう言いきることができる。

なぜなら、また、同じ想いを繰り返しているのだから。

「………」

私は開いていた小説を閉じた。背後の窓を少し開けて座り直し、外の空気と、たくさんの混ざり合った声と音を吸いこむ。

中二の時の私は、自分から早瀬くんになにも伝えなかった。そして、高二の私もいまだ、早瀬くんになにも伝えていない。同じ人に二度も恋をしたのは、一度目の教訓を胸にもう一度リベンジしなさい、っていう神様のお告げなのかもしれない。

そんな気恥ずかしいことを考えていると、ふいにカラカラと図書室のドアが開いた。

私は顔を上げ、その方向を見る。

「…………あ」

木之下くんだった。彼は、ズカズカと一直線にこちらへ向かってくる。

早瀬くんは今日からもう、ここには来ないんだけどな……。

カウンターをはさんで真正面に来られると、なんだか座っているのが悪い気がして、私はゆっくりと立ちあがる。

「あ、早瀬くんはサッカー……」

「あのさ」

私がまだ言い終わらないうちに話しだす木之下くん。

「中学ん時、髪短かった?」

「え?」

あまりにも唐突な質問に、私は口を開けたままで首を傾げる。

「後ろも、前も」

「あ……うん」

「…………」

無表情の木之下くん。タイプは全然違うのに、表情の読めなさは早瀬くんと通じるところがある。もしかして、親戚一同ポーカーフェイス集団なんじゃなかろうか。

「走ってたりしてた？」

は？　ますます脈絡のない質問に私は面食らってしまって、「なんで？」と思わず聞き返した。

「いいから。走ってたでしょ？」

そこまで興味があるようにも思えない。ただ確認したいだけって感じの木之下くん。

「うん。陸上部で……走ってたけど」

「ふぅん、やっぱり」

木之下くんは腕を組みながら、ふーん、ともう一度繰り返す。

「じゃ」

自分だけすっきりしたような顔をしたかと思うと、軽く手を上げて扉の方へ戻ろうとする木之下くん。私は思わず、

「あのっ！」

と呼び止めた。

「なんで？　なんで知ってるの？　走ってたこと」

木之下くんは体を半分だけこちらに向けながら頭をポリポリと掻き、

「見たから」

と言った。

「どこで？」

私と木之下くんは中学校が違う。高校に上がるまで会ったことはない。

「孝文んちで」

「へ？」

なにを言ってるんだ？　木之下くんは。私、早瀬くんの家なんて行ったことないし。

「あんたが走ってる姿の油絵。完成せずに、まだアトリエの奥に立てかけられてる」

「…………」

声が出なかった。驚きすぎて、目を見開くことしかできない。

「ここで、あんたに会った時さ、『どっかで見たことある』って言ったじゃん。ようやく思い出して確かめにきた。それだけ」

「…………」

立ちすくんだまま、なにも言えない。信じられなかった。早瀬くんが描いていたのは、風景だと思っていたから。

足を進め、扉を開けかけた木之下くんが、またちょっとだけ振り返る。

「孝文、いいヤツだよ」

少しだけ口元を緩めてそう言った顔は、ちょっとだけ早瀬くんに似ていた。そのまま扉を閉めて、出ていく木之下くん。私はしばらく突っ立ったまま、その扉を見つめていた。戻ってきた静寂に、少しずつ自分の頭と心が冷静になっていく。

……ハハ、木之下くん、一年の時同じクラスだったのに、今になって私だってことに気付いたんだ。

「…………」

……違う。大事なのはそこじゃない。……そこじゃ……。

中学の時に見かけた、グラウンド脇で絵を描いていた早瀬くん。なにを描いていたのか見えなかったけれど、あれは……。

『俺、中二の頃、ちゃんと楠原のこと、好きだったんだよ』

あれは……私を描いていたんだ。

「…………っ」

最後の日に早瀬くんから言われた言葉が、今しっかりと、実感として胸に染みこんでくる。早瀬くんは本当に私のことを好きでいてくれてたんだと思ったら、うれしさと同時に、切なさとやりきれなさが心の中に充満した。胸が痛くて苦しい。

話しかけてはこないのに、私を描いていた中二の早瀬くん。恥ずかしいと思いつつ、目は早瀬くんを追っていた私。なんなんだろうね。付き合っていたのに、お互い片想いだったんだね、ホントに。

さっき開けた窓からグラウンドを見ると、サッカー部がよく見えた。お互いにかけ合っている声や監督の声、ボールを勢いよく蹴る音が、ここにまで響いてくる。

「あ……」

少し遠いけれど、早瀬くんの姿を見つけた。私は窓の桟(さん)に手をかけて、ひたすら彼を目で追う。休んでいたとは思えないほど俊敏に、あざやかにボールを蹴っている。

早瀬くん……。

心の中で名前を呼んだだけで心臓が痛くなり、少しずつ身をかがめる。

もっといっぱい話せばよかったと、後悔だけがあとからあとから積もっていく。

私は窓の桟にかけた手はそのままに、とうとうその場にしゃがみこんでしまった。額をコツリと窓の桟に当て、自分の不甲斐なさと後悔を噛みしめる。

「…………」

……いや、違う。後悔って言っちゃいけない、まだ。

そう思い、私はうつむけた顔を上げた。頭ひとつ分だけ出して、再度、早瀬くんの姿を捉える。窓から入る風が、さわやかに額をくすぐった。

私は変わるんだ。いくら想ったところで、想った分だけ伝わるわけじゃない。伝わらない、じゃない、伝えていないんだ、まだ。想いは言葉にしなきゃ届かない。大人じゃない私は、なおさら。

「……うん」

明日、ちゃんと言おう。自分の口で、しっかりと早瀬くんに好きって言うんだ。中二の私と、今現在の私の気持ちを、そのまま、ただ素直にまっすぐ。

立ちあがり、背すじを伸ばして、再度早瀬くんを見る。

「あの、すみません。返却なんですが……」

「はいっ」

振り向くと、本を持ってきた女子生徒。私は慌てて、印鑑を取り出した。

五時になり、廊下に出て図書室のカギをかける。プォン……と響いた間延びした音に、吹奏部はまだ練習してるんだなと思った。トロンボーンはいつもと同じところでまた間違える。私はフフッ、と笑ってしまった。

職員室へ向かおうと、振り返って一歩進んだその時。

「わっ」

かなりびっくりした。足音もなく目の前に人影があって、あやうくぶつかりそうになったからだ。

静かで誰もいない廊下を、夕日が彩る。自分とその人の影だけが、少し長めに床を灰色に染めている。

「お疲れ」

聞き慣れた声が頭上から降ってきた。私は、ゆっくり、とてもゆっくりと顔を上げる。

あ……という声を出したつもりだったが、実際には出ていなかった。それくらい私は驚いていた。さっきまでグラウンドで走っていた早瀬くんが、サッカー部のユニフォームのまま、目の前に立っていたからだ。

「お、お疲れ。って、ど、どうしたの？」

「十分休憩タイム」

薄く微笑んだ顔で、私を見ている早瀬くん。髪の毛が汗で濡れて、ユニフォームも湿っている。

靴をぬいできたから、足音がしなかったんだ。私は靴下だけの足元を見てそう思いながらも、目の前にいる今までとは違う姿の早瀬くんに、緊張を隠せなかった。

「見てた？」

「え？」

「図書室の窓から」

「あ……」

思わず目を逸らしてしまった。……恥ずかしい。見られてたんだ。夕日でオレンジ色に染められた顔に、次第に赤みが差していくのが分かる。私はうつむいて、その顔を隠そうとした。

「見てた？」

けれども再度、尋問される。早瀬くんは私をいたたまれない気持ちにさせるのが、本当に得意だ。

「見てた……」

正直に答える。次に来る質問が分かる。

「なんで？」

ほら、やっぱり。そうやって私の逃げ場をなくそうとする早瀬くん。

「………」

そして、私はなにも言えなくなる。だって……さっき……ついさっきだ、早瀬くんに告白するって覚悟を決めたのは。それに今日じゃなくて明日のつもりだった。今日の夜にちゃんと、その心構えとイメトレをするつもりだったんだ。なのに、こんな急に、なんでこういうシチュエーションを勝手につくっちゃうんだろう、早瀬くんは。

「………」

でも、今なんだ。今、言わなきゃいけないんだ。

私はカバンを握る手をぎゅっと強くする。そして、うつむけた顔をしっかりと早瀬くんへと上げた。

「私もちゃんと好きだったの。早瀬くんのこと」

窓から射す夕日の光がまぶしい。ツ……と早瀬くんの汗がこめかみを伝ったのが見えた。

「京子ちゃんが勝手に告白した後からだったのかもしれないけど。でも、ちゃんと好きだった」

「……ハ」

ハハと笑う早瀬くん。

「その話か。そんなに力んで話さなくても」

「笑わないでっ！」

廊下に声が響く。私は自分の声に驚いた。感極まって、顔が勝手に歪んだのが分かる。

「……ごめん」

早瀬くんは穏やかな顔に戻って、濡れた額を手のひらで拭いた。搔きあげた髪が、いく筋かの束になっている。

違う、こんなふうにしたいわけじゃない。感情のコントロールができなくて、いっぱいいっぱいでうまく言葉が出てこない。

頭の中で、頭をぶんぶんと横に振る私。少しずつ溜まっていく涙。このまま泣いて逃げ出してしまいたいのを必死に我慢する。

早瀬くんの休憩は十分しかない。せっかくここまで来てくれたんだ。言うなら今だ。今なんだ。今言えなかったら、私はずっと言うことができない。そんな気がする。

「…………今も」

声が震えて、裏返ってしまう。早瀬くんから目を逸らさないようにすればするほど、私の涙腺は制御がきかなくなっていく。ドンッドンッと、太鼓のように鳴り響く心臓の音。ドキンドキンなんてウソだ。私の心臓は、そんなにかわいい音なんかじゃない。

「い……今も」

「…………」

「好き。…………好きです」

もう声じゃなかった。ただの息だけのかすれ声。耐えていたはずの涙が、いつの間にか頰を伝って顎に滴をつくっていた。鼻水も一緒に垂れてくる。ズズッと、一世一代の告白をなんとも間の抜けたようなものにしてしまう音。かっこ悪い。

強く握っているつもりだったカバン。手に汗を掻きすぎて、なんだか落としてしまいそうだ。〝伝える〟ということが、こんなに力と心を使うなんて知らなかった。唇が震えて、泣き崩れてしまいそうな予兆がそこかしこに出てくる。今から最高に不細工な顔になるのが分かる。

「楠原」

早瀬くんは、この告白を前にしてもいつもの表情。ただ、ちょっと優しさ二割増しくらいな気がする。

「目、閉じてみる？」

「え？」

「…………」

早瀬くんが微笑んだ。私の心臓をぎゅっと掴む、あの、いつもの大好きな笑顔で。

どうしよう、うまく頭が回らない。回らないけど……。

私はきゅっと目を閉じた。変に力を入れて、目尻にくしゃくしゃなシワをつくったまま。

「…………」

閉めた図書室の扉に手を置いた音だろうか、カタン……と小さな音がした。ほどなくして、私の唇に、かするように優しくやわらかいものが触れる。同時に、左頬に濡れた髪の毛らしきものが当たり、私は思わず体をこわばらせてしまった。頭の中が沸騰しそうなくらい恥ずかしい。身動きひとつできないし、息を止めているからだんだん苦しくなってくる。

「…………」

そっと離れた早瀬くんは、「ハハ。真っ赤だ」と笑った。私はその声でようやく目を開け、息を吐くことができた。そして、おそるおそる早瀬くんを見上げる。

「…………」

早瀬くんは私を慈しむように、じーっと見つめていた。その無言の長さに、だんだん自分に自信がなくなってくる。

返事とかくれないのだろうか？　今のが返事代わり？　だとしたら……。

「あぁ、もう」

いきなり、早瀬くんが大きなため息のような、呻きのようなものを発した。表情は大して変わらないのに、声は今までで一番大きく、静かな廊下全体にとてもキレイに響いた。

「今、めちゃくちゃ楠原を抱きしめて、超触りまくりたいのに。俺、汗かいてるからできない」

「っ……」

私は早瀬くんらしからぬ言葉に一瞬で硬直し、また血液が顔に一気に集中しだす。

そんな私を見てニッと笑う早瀬くん。彼は一体、いくつの顔を持っているんだろう。

「悪いけど、あと一時間、この図書室でも教室でもグラウンド脇でもいいから、待っててて」

「え？　あ……」

「一緒に帰ろ」

ムニッとほっぺたをつままれ、私は驚きの瞬きを繰り返しながら、

「うあ……ひゃい……」

と返す。はい、と答えたつもりだった。

「ハハ。かわいい」

手を離し、またにっこり笑う早瀬くん。その顔があまりにもキラキラしているものだから、私の胸はありえないほどの動悸を訴えた。

「じゃ、一時間後、靴箱で」

軽く手を上げ、早瀬くんは廊下を走っていった。私はもう立っているのがやっとで、早瀬くんが見えなくなってから「……うん」と独り言のように返事をした。

「お待たせ」

部活が終わって制服に着替えてきた早瀬くんが、靴箱に来た。なんて返したらいいのか分からなくて、とりあえず頷く。まぁ、たしかに待たされたことは事実。五時過ぎと六時過ぎでは、全然明るさが違う。

次第に夜に向かう帰り道を、ふたりで並んで歩きだす。以前と同様ふぞろいな靴音が響いた。

「深沢達と話できた？」

「……あ、うん」

いつもの穏やかな口調で聞いてきた早瀬くん。私はなんだか早瀬くんの方を向けなくて、斜め前の地面を見ながら答える。

「なんて言ってた？」

「ちゃんと言ってくれて、うれしいって。がんばれって」

「ふーん、よかったね」

「うん」

「で、なにをがんばれ？」

お互い〝ん？〟って顔で目を合わせる。私は自分が余計なことまで言ってしまったことに気付き、慌てて、

「い、いろいろとっ……」

と、目を逸らして答えた。赤い顔を隠せるわけでもないのに。

「ふーん」

少し得意げな早瀬くんの声色。絶対分かってて言ってる、早瀬くん。すぐに赤くなる自分の顔が憎い。

「手でもつなぐ？」

少しだけ薄暗くなってきた中、見上げると早瀬くんが試すような細い目で聞いてくる。

「……いい、けど」

「けど？」

「私、緊張して、ベタベタしてるかも」

本当はこういうことを言うこと自体恥ずかしい。

「いいよ。俺も一緒だから」

けれども、爽やかにそう言ってのけて左手を差しだす早瀬くん。なんか慣れてるな、と思いながら、おずおずと右手を伸ばしてその手に触れる。

「……っ！　ウソつき。めちゃくちゃサラサラしてるし。早瀬くんの手」

早瀬くんはハハッと笑って、握る手に力を込める。

「だって。つなぎたかったから」

またさらりとそう言いのける早瀬くんに、私はもうどんな顔をすればいいのか分からなかった。

それよりなにより、さっきの私の告白と早瀬くんの行動との関連性を教えてほしい。告白した相手から『好き』とか『いいよ、付き合おう』とか言われなくても、交際ってスタートするものなのだろうか？

「………」

いや、もしかして、私のカン違い？　いいほうに解釈しすぎ？　そもそも、早瀬くんの気持ちは中二でストップしてたんじゃ……。あれ？　じゃあ、この手は？

考えすぎて頭の中がぐるぐるしだす。自分の初心者具合にお手上げだ。でも、聞かなきゃ分からないし、話さなきゃ分からない。私はそれを学んだばかりだ。

「早瀬くん」

「ん？」

前を向いていた早瀬くんが、ゆっくりこちらを見下ろす。

「あ、あの、私達、付き合ってる、の？」

早瀬くんを見上げ、恥ずかしさをこらえて聞いた。少し驚いた顔をした早瀬くんは、すぐにまたいつもの顔に戻って、「どう思う？」と逆に聞いてくる。

「う……」

私は顔をまた下に戻した。ズルイ。ホントに早瀬くんはズルイ。

「中二の時さ、べつに別れようとか言ったわけじゃないしさ、お互い」

「……うん」

「ずっと付き合ってたんじゃない？　俺ら」

イジワルな顔でそう言う早瀬くん。カンの悪い私だって分かる。今、問題のすり替えが行われたってこと。

「やっぱりズルイ、早瀬くん」

「なに？」

穏やかな顔のまま、私の気持ちを弄んでいる。なんだか私だけが好きで、私だけが負けているみたいだ。

「私、がんばったのにっ。がんばって言っ」

「三年間、ずっと好きだったよ」

いきなり顔に影ができたかと思うと、早瀬くんが私の耳もとでボソリと言った。

「………」

コンクリートを踏みしめて歩くふたり分の足音が響く。普段笑わない早瀬くんが、笑いを噛み殺しているのが分かる。私はというと、赤面しすぎてうつむいたまま、早瀬くんに手を引かれて、まるでお父さんに連れられている小学生みたいだ。

「ズルイ……」

ようやく発したひと言は、それ。手のひらで転がされた挙げ句のノックアウト。結局、私は最初から負けているんだ。勝てないんだ、早瀬くんには。

「あれ?」

ちょうど私の家の近くの公園まで差しかかると、早瀬くんは普通に私の手を引いたまま、中に入った。

「早瀬くん? 寄るの? ここ」

無言の早瀬くんは、公園に入ってすぐの木の陰の所で振り返る。

「わっ」

ふいに握っている手を引っぱられ、早瀬くんの胸のあたりに顔がぶつかる。

「あー、長かった」

そのまま、ぎゅっと腕に力を込められ、抱きしめられる。私は早瀬くんの腕の中に埋まってしまい、目の前の真っ暗さと、一瞬で迎えた緊張のピークに身動きが取れなくなった。

でも、そんなパニックの中でさえ、うれしさがじわじわ込みあげてくる。シャツ越しに伝わってくる早瀬くんの体温と心臓の音が、私の頬を、耳を、心地よくさせていく。

続く沈黙の中で、ゆっくり自分の手も、早瀬くんに回してみた。恥ずかしいけれど、めちゃくちゃ恥ずかしいけれど、これもひとつの自分の気持ちの伝え方だ。そうしたら、早瀬くんが頭上で笑ったような気がした。

「楠原、ここ何日かで大人になったね」

少しだけ腕を緩めてくれた早瀬くんが、頭の上、優しい声で話しかける。

「そ、そうかな？」

こもった声で返すと、

「うん。俺も、早く大人にならないと」

と、呟くようにこぼす早瀬くん。

「早瀬くんは大人だよ」

私なんかより全然落ち着いているのに。

「俺、どんどん幼児化していってるよ」

「……？」

頭上で繰り広げられる、いつもの早瀬節。私は理解力がないから、早瀬くんの言いたいことがピンとこない。

「ウソはつくし、いじめたくなるし。楠原の理想の人とは全然違うよ」

笑いながら、埋もれている私の頭をポンポンとした。『ウソつかない人』がいいって言ってたの、聞いていたのだろうか。

「多分、これからもっと我儘（わがまま）になっていくかも」

「なんで？　どういうこと？」

埋まっていた顔を抜いて、ひょこっと早瀬くんへ顔を上げる。ばっちり目が合った目の前の早瀬くんは、ふっと笑って私の額に小さなキスを落とした。

「おいおい分かっていくと思うよ」

早瀬くんの、優しいけれどなにかを秘めたような笑顔に、私は恥ずかしさとはまた違った心臓の跳ねを感じた。本当に早瀬くんはドキドキさせるのが上手だ。これに慣れる日なんて来るのだろうか。


聞けば、ちゃんと返ってくる返事。見れば、ちゃんと返ってくる視線。笑えば、ちゃんと返ってくる笑顔。ただそれだけで、こんなにも幸せな気持ちになる。

もっと知りたい、早瀬くんのこと。もっと知ってほしい、私のこと。

ちょっとだけ成長できた自分を認めると、どんどん欲が増えてくる。一ヶ月前には想像もつかなかった自分が、ここにいる。「恥ずかしい」を克服することはどんな場面でも難しいし、完璧にはできないけれど。「臆病」も「あきらめ」も「卑屈」も、「受け入れてもらえないことへの恐怖心」も、いまだ心の隅でこちらをうかがってはいるけれど。一歩踏みだせば、それを上回るほどの喜びが、期待が、達成感が、私の足を前へ前へと繰りだしてくれる。

そうだ、今度、早瀬くんの絵を見たいって言ってみよう。もう一度走ってみようと思っていることも相談してみよう。今は早瀬くんの腕の中でもう少し幸せを噛みしめていたいから、今日じゃなくて、近いうちにでも。

「なに? 楠原」

私の視線に気付いた早瀬くんが、顔を覗きこむ。

「なんでもないよ」

恥ずかしいけれど、私は目を合わせたままで含み笑いをした。

あぁ、明日、恵美ちゃんと玲奈ちゃんに早く報告したいな。

番外編　放課後早瀬宅

早瀬――雨と独占欲

「あれ？」

カウンターで本を読んでいる俺を見て、入ってきた楠原が驚いた顔をする。

「なんで？」

「今日、雨で部活中止」

「そ、っか……」

そっけない言葉とは裏腹に、明らかにうれしそうな顔をする楠原。図書室の扉を閉め、こちらへ向かってくる足取りは軽い。

「今日、俺んちのアトリエ見にくるって約束。どうする？」

カウンターに入ってきてから問いかけると、楠原は椅子を出して座りながら、「うーん……雨だもんね」と、言葉をにごした。

『雨、だもんね』……か。雨を理由に、家に来ることをやんわりと断られたような感じだ。楠原と付き合いだしてから一ヶ月半。家に行きたいって言ってくれた約束を、やっと果たせると思っていたのだけれど。

カチャカチャと、カバンの中からペンケースやノートを出す楠原。また無理な体勢で宿題をしようとしている。その姿を盗み見て、声を出さずにふっと笑う。なんなんだろう、この人は。絶対やりづらそうなその格好さえも、かわいらしくて微笑ましく思える。

中二の頃から、彼女のことをずっと見ていた。話しかけたいと思いつつも話しかけられなかったのは、間接的な告白と、楠原本人の態度に矛盾を感じたから。真意を確かめられなかった、自分の幼い恐怖心と、勇気のなさから。そして、一度失ってしまったタイミングを取り戻すのは今さら無理なことだと、半ばあきらめていたからだ。実際、当時は、俺のほうこそなかなか一歩踏みだせずに、ずっとくすぶっていた。

高二になって同じ図書委員になった時には、心の中でガッツポーズをした。本当は春休み中に腰椎椎間板（ようついついかんばん）ヘルニアもドクターストップ解除されていたし、一学期からすぐにサッカーを再開するつもりだったけれど、俺はウソをついた。部には、まだ医者の許可が出ていないと、親には、部がもうしばらく安静にしとけ、って言ってくれていると。

……全部、今、俺の隣にいる女の子と、ふたりだけの時間がほしかったから。ただ、それだけのために。

見つめていると、隣の彼女が俺に気付き、はにかんだ笑顔を見せた。

「…………」

楠原。キミは俺のことを大人だ大人だって言うけれど、ホントはこんなに幼稚でズルイ男なんだよ。

「早瀬くん」

楠原が愛らしい声で俺の名前を呼ぶ。サァ……と、雨がとても静かに地面や校舎を打つ音が、この図書室内にも響いている。回想にふけっていた意識に、現実の音が優しく戻ってきた。

「なに？」

「数学……また教えてほしいんだけど」

上目遣いで訴えてくる楠原は、自覚していないのかもしれないけれど、ほんのり頬を染めている。

「え……？」

「雨、弱まってきたし、アトリエ見学がてら俺の家で教えようか？」

明らかに紅潮する顔。今度は自覚があるみたいだ。頬を隠すように、髪を手で梳いたから。

「……うん」

照れながら頷く彼女は、それからまた無口になった。本当に分かりやすい。なんだか愛しさが込みあげてきて、楠原の頬を手の甲で撫でる。

「楠原」

「……うん」

「今日は少し早めに閉めよ、ここ」

「…………うん」

楠原は俺の手の甲にじんわりと熱を伝えて、声は出さずにコクリと頷いた。それから図書室を閉めるまで、静かな雨音だけが沈黙をつないでいた。


「早瀬くん、ごめん。私の方に傘やってたから、早瀬くんがずぶ濡れになっちゃって」

俺の家の玄関で、ハーハーと息を切らしながら楠原が謝る。家まであと五分というところで雨がいきなり激しくなってきたから、楠原の肩を抱いてここまで走ってきた。

本当は折り畳み傘がカバンの中に入っていたのに、持っていないフリをして相合傘をしたから、バチが当たったのかもしれない。

「ちょっと待ってて。タオル持ってくる」

楠原を玄関に待たせ、取ってきたバスタオルを楠原の頭からかぶせる。そして、髪の毛をわしゃわしゃと拭いた。

「や、あの、早瀬くん。私、自分でできるよ？」

あわあわした顔で髪を拭かれている楠原。

「したい。させて」

そう言うと、楠原は真っ赤になりながらも、されるがまま動かなくなった。なんか、犬みたいだ。かわいすぎて笑ってしまいそうになるのを我慢する。

「脱衣所、そこ曲がったとこだから、このTシャツとジャージ着て。使いたかったらシャワー使ってもいいよ」

「え、いや、そんな。いいよ、このままで」

「風邪引くよ」

「でも……」

「部屋が濡れるのイヤなんだ」

にっこり笑って言うと、予想どおり楠原はなにも言い返せなくなって、すごすごと脱衣所へ向かった。楠原は、かわいい。かわいいからこそ、いじめたくなる。

「あの……」

思いのほか早く着替えてリビングのドアから顔を出した楠原。ダボダボの俺のTシャツとジャージを着た彼女は、いつもの数倍愛らしい。

「二階に上がって、奥の部屋行ってて」

と伝えると、楠原は、

「おうちの人は？　あいさつしなきゃ」

とキョロキョロ見回す。

「あと一時間くらいしなきゃ帰ってこないよ」

「あ……そ、そうなんだ」

楠原は笑いつつも複雑そうな顔をして、俺のジャージの裾を引きずりながら階段の方へ向かっていった。子供みたいなその様子に、思わず噴きだしそうになるのをこらえる。

「……あ、ありがと」

濡れた制服を脱いでラフな格好に着替えた俺は、部屋で待っていた楠原に冷えたレモンティーのグラスを渡す。彼女は、テーブルの前にちょこんと座っていた。

「いちごオレ、なくてごめんね」

「ハハ。あったら、すごいよ」

隣に座る俺にちゃんと受け答えはするけれど、やっぱりぎこちない笑顔。両手でグラスを持ち、コクリとひと口飲む様子を見ながら、緊張が伝わってくるのを感じた。

俺も緊張しないわけじゃないけれど、楠原の緊張があまりにもひどすぎて、逆に冷静にならざるをえない。

「……早瀬くんらしい部屋だね」

沈黙を気遣う楠原が、話題を探して口を開く。

「そう?」

「うん。殺風景で、物があんまりない」

「それが俺らしいってこと?」

「いや、そうじゃなくて、えっと、いい意味で、あの……」

慌てる楠原。いちいち思いどおりのリアクションを返してくれる。

「数学、どこ? 分からないの」

「あ、そうだった」

カバンからノートとテキストを出した楠原は、ここが分からなくて、と一生懸命説明しだす。わりと頭がいい楠原は、少し解き方の糸口を教えると、スラスラとシャーペンを走らせはじめる。

説明した後で手持無沙汰になった俺は、類題を解いている楠原を、テーブルに肘をつきながらぼんやりと眺めた。ツヤのあるキレイなストレートの黒髪、長いまつ毛、色白だからリップだけで赤みの際立つ唇、少し上気した、やわらかそうな頬。大きいTシャツのせいで一層華奢(きゃしゃ)に見える肩に、かしこまって正座している足。なにもかもがかわいく見えて、自分の重症さを悟る。

「………」

付き合いだしてから一ヶ月半経った。

べつに隠しているわけではないものの、クラスではあまり話さない。クラブチームに顔を出していることもあって、週末にふたりで会うこともまだないし、部活を再開したことでカウンター係もなくなって、たまに靴箱で待ち合わせて一緒に帰る時以外、こうしてゆっくりと彼女とふたりだけの時間を共有することはなかった。

だから今日は、顔には出さないけれど楽しみにしていた。雨のせいで約束が帳消しになるのは、イヤだった。

「……なに？」

ずっと見つめていたからか、視線に気付いた楠原が顔を上げる。俺は、「なにも？」と言って、頬杖をつく手を交代する。そして視線をノートに戻した楠原を確認して、また彼女の横顔に目を移した。

「………」

最近の楠原は、クラスの中でもちゃんと心からの笑顔を見せるようになってきた。深沢と牧野ともかなり打ちとけてきだして、前みたいに人の顔色をうかがって無理して笑うようなこともなくなってきた。

楠原にとっていい変化だと思うし、俺もうれしく思う。けれども、無理した表情が次第に素直な表情になっていくのを見るのは、なんだか自分以外に楠原のよさをバラされているようで、うれしい半面寂しくもある。

「前髪、目にかかって邪魔そう」

すっと手を伸ばして、楠原の前髪を上げてみた。いきなりでびっくりしたらしい楠原は、「わっ」と言い、瞬時におでこまで赤くさせる。

「ヘアピン返すから、ここでだけ前髪留めて」

棚に置いたままだった、楠原のヘアピン二本を手渡す。集中して勉強しているというのに、自分に意識を向けさせたいという子供っぽい感情。彼女に無防備な顔や格好をさせるのは、自分だけじゃないとイヤだという独占欲。我ながら大人げないと思いながらも、ちっちゃな命令でその気持ちを満たそうとしてしまう。

「……うん」

俺の指示どおりに前髪を留める楠原。俺の部屋で、俺の服を着て、少し濡れた前髪を上げて……。

「かわいいね」

頬杖をついたままでそう言うと、彼女は赤い顔を一層赤くしてはにかんだ。

分かっててやっているのなら、相当な小悪魔だ。まぁ、計算でそんな表情なんかできない楠原だからこそ、一層かわいく見えるんだけれど。

「ねえ」

楠原の頬を軽くつつく。

「あの高田って男に、なんでまだ話しかけられてるの？　今日も楠原の席に来てたし」

「あぁ……」

「知らないの？　俺らのこと」

楠原は姿勢はそのまま、目線だけ上げて考える。

「恵美ちゃん達が言ってると思ってたけど……でも、なにも言ってこないから、知らないのかな」

「ふーん……」

少しおもしろくなくて、ムニと彼女の頬を優しくつまむ。

「私は早瀬くんのものだから近付かないで、って言ってよ。果歩りんちゃん」

「…………」

つままれたまま、また無言になってうつむく楠原。

「は、早瀬くん、それって……」

「なに？」

「いえ……」

楠原の頬から離した指を、今度は髪の毛に巻きつける。しばらくの沈黙の後で、なにか言いたげな表情をする楠原。少しだけ口を尖(とが)らせて、

「……でも、早瀬くんだって、サッカー部のマネージャーさんに触られてたし」

と、呟くように言った。

「また、窓から見てた？」

「あ、いや……」

一瞬まごついたものの、

「ほ、他にも、この前、図書室にまた〝早瀬先輩いますか？〟って、一年の女子が来たし」

と口調を速め、必死に訴えかけてくる楠原。

「うん。だから、私と付き合ってます、って言えばいいじゃん」

「そっ……」

興奮して身を乗り出していた楠原が、言いかけた言葉を飲みこむように下唇を噛み、ゆっくりぺたんと腰を下ろした。顔が断続的に赤くなるからか、少し涙目にもなってきている。

「…………」

「…………」

続く沈黙に、図書室でもこういうパターンがよくあったな、と思い返す。自分もたいがい大人げない。

「なんか、やっぱり……私ばっかり」

「私ばっかり？」

「余裕がない……っていうか、子供っぽいっていうか……」

「そう思う？」

「……うん」

「ふーん」

なおも頬杖をつきながら、楠原の髪をツーッと触る。

ホントに分かってないな、楠原は。俺のほうこそ余裕なんてないのに。

「数学、もういい？」

「……うん」

楠原はチラリとノートに目をやって、それを閉じた。

「じゃあ、体、こっちに向けて」

「え？　う……うん」

「そのまま、手を広げて」

テーブルに向けて正座していた体をこちらに向け、俺と真正面で向かい合わせになった楠原。言われるがまま手を広げ、首を傾げながら上目遣いで俺を見る。ブカブカの俺のTシャツを着て、おでこ丸出しで、無防備そのものだ。

「はい」

俺も軽く手を広げる真似をした。それを見て、一層きょとんとする楠原。

「早く」

「あ……」と小さく声を出した楠原は、俺の意図がようやく伝わったのか、照れながらも意を決したように俺の方に両手を伸ばした。そして、おそるおそる抱きついてくる。

「…………」

変な間。ゆっくりすぎてぎこちない抱擁。緊張が伝わりすぎて、妙にこそばゆい。

「ハハ、腰引けてるし」

不格好な楠原の腰を自分側に引き寄せて、開いた足で閉じ込めるようにぎゅっと抱きしめる。膝を立て、少し上から抱きついている格好の楠原の髪が、俺の頬をくすぐった。

「すごいね、心臓の音」

「だって……」

泣きそうなほどのかすれ声。

「楠原も妬くことあるんだ？」

「……うん。早……瀬くんも？」

「かっこ悪い？」

「……ううん」

揺れる髪が、また俺の頬をくすぐる。付き合いだしたら、心は満たされるものだと思っていた。でも、付き合いだしてからのほうが、もっと欲ばりになって心の渇き（かわ）が早くなった。どんどんかわいくなる楠原に、ヒヤヒヤさせられる。手に入れたはずなのにほしがって、目の前にいるのにひとり占めしたくて……。

「顔、こっち」

触れるだけのキス。一ヶ月以上経った今でも、楠原はなかなか慣れてくれない。ビクビクしてて、緊張がそのまま伝わってくる。大事にしたいから急（せ）かしはしないけれど、いつまでもこうだったら、俺のはやる気持ちのほうがいずれ上回ってしまいそうだ。

「……やせくん」

「ん？」

唇を離して彼女の顔を覗きこむと、はにかみながら、

「レモンティーの匂い」

と微笑む楠原。その顔がかわいすぎて思いがけず照れてしまった俺は、自分の顔を隠すように再度彼女の体を自分側へ寄せた。部屋に呼ぶのは、ちょっと控えたほうがいいかもしれない。

「早瀬くん、アトリエ行かないの？」

「んー……今日はもういいんじゃない？」

ほどこうとする楠原の両手を、俺の首へと回させる。

「絵、見たいんだけどな……」

……………ん？

「……の絵」

こもった声が聞きとりづらい。でも、たしかに聞こえた気がした。

「…………は？」

〝私の絵〟という言葉が。

「楠原、なんの話？」

楠原を自分から引きはがして聞くと、俺の目を見た彼女はハッとした顔になる。〝まさか〟が、自分の頭の中をすごい勢いで巡る。

「ご、ごめんなさい。木之下くんに教えてもらっ……」

その時、ガチャリとドアを開ける音がした。

「おい、孝文。アトリエのカギ、まだ開けてな……」

一瞬、部屋の中の空気が凍りつく。開かれたドアから入ってきた男を見て、楠原が「ひゃあっ！」と叫び、慌てて俺から離れた。

「あら―……お取りこみ中？　玄関に靴があったから、もしかしてと思って足音忍ばせてきたんだけど。ハハ、ビンゴだったわ」

まったく悪びれていない様子で、わざとらしい笑顔の陽平。

「陽平、お前、言っていいことと悪いことの区別もつかないわけ？」

陽平は笑った口元のままで、〝ん？〟と首を傾げる。俺はゆっくりと腰を上げた。

「あれ？　この状況とはまったく別の件で、怒ってらっしゃる？　孝文くん」

おちゃらけている陽平をにらみながら歩み寄ると、

「え？　なに？　孝文。なに、そんな、マジでキレてる顔して……」

と、あとずさりしだす陽平。

「ま、待っ……」

「ちょっと来い」

言葉を遮断し、胸ぐらを掴んで廊下に引っぱる。

「えぇっ、楠原さん、助け……」

そして、そのままバタンとドアを閉めた。

果歩――雨上がり、新発見

「…………」

あー……びっくりした。早瀬くんと木之下くんが出ていったドアを、しばらく唖然として見つめる。部屋に残された私は、落ち着くために残りのレモンティーを一気飲みした。原因をつくったのは私なんだけど、不思議と笑ってしまう。あんな早瀬くんを見たのは、初めてだったからだ。

一階から木之下くんが必死に弁解している声が聞こえてくる中、私は体育座りで早瀬くんの部屋を改めてキョロキョロと見回す。この部屋にいる事実と、さっき抱きしめられた感覚の反芻に、自分は早瀬くんの彼女なんだということを実感する。心地よいくすぐったさが体を巡って、思わずにやけてしまった。

「……ふふ」

まだ、いろいろと慣れないけれど、ちょっとずつ歩み寄っていけている気がする。たまに不意打ちやイジワルをされるけれど、早瀬くんが私の心の歩幅に合わせてくれているのが分かる。そして、それが分かれば分かるほど、じんわりと胸が温かくなって、好きだなって再確認するんだ。こういうふうに、だんだん知り合っていくんだな、恋人同士って……。

『恋人同士』という言葉が頭に浮かんだとたん、またひとりでに恥ずかしくなって両頬を手で覆う。私はいつになったら慣れるんだろうか。


戻ってきた早瀬くんは、見事なまでのつくり笑顔。案の定、私はアトリエを見せてはもらえずに、家まで送ってもらうことになった。

「雨、やんでる」

いつの間にか雨は上がり、薄暗い空の雲間からは星が何個か覗いている。

「あ……木之下くんは？」

「さぁ」

気になっていたから聞いてみると、ほのかに怖さを含んだ笑顔の早瀬くん。あまり、つっこんで聞かないほうがいいみたいだ。

ふたり分の不ぞろいな足音が歩道に響く。私は乾かしてもらった制服に着替えたけれど、早瀬くんはジーンズにTシャツ姿だ。下校時とは違う時間帯と風景と早瀬くんに、いつものように並んで歩くふたりを包む空気がまるで違って感じる。自然につながれた手を見て、またもや頬を緩ませながら、今日は心の日記に書くべきことがたくさんだと思った。

早瀬くんを盗み見ていると、それに気付かれて「なに？」と聞かれる。私は「ううん」と誤魔化して、足元へと視線を落とした。

見たかったな……絵。残念だと思う気持ちがひとつ。でも、早瀬くんの新たな一面を見られてうれしかった気持ちがひとつ。

いつか……こっそり見たいな。早瀬くんには内緒で。

「楠原」

「なに？」

ムニ、とまた頬を緩くつままれる。

「……いひゃい」

「無理だからね」

「…………」

うん。やっぱり早瀬くんは、私の心が読めるみたいだ。

放課後図書室 2

早瀬——きっかけ

「ねーねー、早瀬くん。楠原果歩って知ってる?」

「楠原?」

たしかこの女は、隣のクラスの鈴村だ。

「ほら、あの子」

「……あぁ」

ちらっと見て、顔は知ってるな、と思った。校内大そうじの日、二年二組と三組の間の廊下。みんながせわしくジャージ姿で作業している中、ショートカットのその子もせっせと机を運んでいた。

「かわいいでしょ?」

「……よく分からないけど」

俺は女の子と話すのに慣れていない。というか、こういうキャピキャピした感じで、しかも、みんながんばって作業している中で他人に話しかけて手を止めさせる女の子は、とくに苦手だ。

「早瀬くんのこと、好きなんだって」

「…………」

「付き合ってあげてよ。彼女いないでしょ？」

俺は雑巾を手に持ったまま、鈴村をじっと見る。彼女いないイコール付き合うって……おかしくないか？　相手のこと、よく知りもしないのに。

「や。悪いけど……」

「ものすごーく好きなんだって。フったら泣いちゃうよ。私、そんな友達の姿見たくないし」

なんだ？　この女。ちょっと呆れて鈴村を見た後、楠原に再び視線を移す。周りでサボっている女の子がいる中、彼女は手も止めずにせっせとそうじに勤しんでいる。

今、鈴村がこんなことを俺に言っていると知ってるのだろうか？　もし知っているんだったら、もっとこっちを気にするはずじゃないか？　まったく見向きもしないし。

「ね、お試しでもいいから」

コイツ、必死だな。勝手に他人の気持ちを告白して、引くに引けなくなっているというところか？

「……いいよ」

「ホント!?」

キャーッと両手で口を押さえて叫び、軽くジャンプをする鈴村。なんで女子って、こんなふうに脳に花が咲いているような感じなんだろ。

「ありがと！　じゃーね！」

パタパタと三組に駆けていく鈴村。本人にそれを伝えているところは見たくないから、俺は自分の教室に戻った。

とくにかわいいわけじゃないし、とくによく知っているわけじゃないけれど、まぁ……なんとなく流れでＯＫしてしまった。女子は苦手だし、付き合うなんてなにをどうしたらいいのか分からない。……でも。

「…………」

まぁ、なんとかなるし、なるようになるだろう。


結論から言うと、なんとかならなかった。楠原は廊下で俺とすれ違うと、いつも思いっきり顔を背けるか、うつむくかのどちらかしかしない。横で歩いている鈴村が楠原を肘で小突いているのを見かけたこともあるけれど、かわいそうなくらい真っ赤な顔で涙目でうつむいている姿を見ると、こちらも声をかけづらくなった。

正直こちらも照れてはいたのだけれど、それをはるかに上回る態度。そのあからさまな拒否反応に傷ついたのは、たしかだった。

ギッ……と、放課後の図書室に響くパイプ椅子の軋む音。俺は、それでふっと現実に引き戻される。

文庫本を手にしながらも、楠原との思い出に意識がトリップしていた。中学の時にどうしても話しかけられなかった女の子が、三年という月日を経て今、隣に座っている。まるで、世界にふたりだけなんじゃないかと思わせる図書室の静寂が、俺の気持ちと楠原の存在を際立たせている。

中二の時の幼さと、過剰な意識。交際しているというのに逸らされ続けたその目に、その顔に、その態度に、俺はいつしかとらわれるようになっていた。それが恋愛感情だと気付いた時には、もう修正不可能な距離感になっていて、その後悔を引きずりながら俺は、こんなに長いこと片想いを続けている。

うつむきがちなクセはそのままの楠原。でも、もうすれ違うだけでは赤くならなくなったその顔は、俺を意識しなくなった証拠だ。どうしたら、前みたいに意識してくれるのだろうか。

──パキッ。カチカチカチ。

「…………」

カチカチカチカチと、何度もシャーペンの頭を押す音が横から聞こえる。ガサガサとカバンに手を入れる姿を横目に、俺は自分のカバンのペンケースからシャーペンのＨＢの芯ケースを取り出した。

「……はい」

チャッ、と芯ケースの中の芯達が整列する音。

「あ……ありがと」

俺の手からそれを受け取る楠原。目は合わすことはできなかったけれど。

「…………」

……あぁ、ようやく。ようやく、言葉を……交わせた。

早瀬――〝彼氏〟のままならない感情

「あ、孝文。今、帰り？」

「あぁ」

七月。部活が終わって部室から出ると、ちょうどバスケ部の団体が目の前を通り、陽平が声をかけてきた。夕方と言ってもまだ明るい中、ガヤガヤと大勢で校門の方へ向かう最後尾を、陽平と並んで歩く。

「今日も、お前んちで夕飯食べさせてもらおっかな」

「また？　最近、多くないか？」

「んなこと言うなよ。一緒に帰ろうぜ」

コイツは、遠慮という言葉を知らない。

「いや、待たせてるから」

「あ？　……あぁ、彼女ね。いいじゃん、俺も一緒で」

「ホント、お前は無自覚の俺様主義だな」

「ハハ、サンキュ」

「褒めてない」

陽平につっこみながら、やれやれと小さなため息を吐く。と同時に、前を歩くバスケ部二年集団が、笑い声とともにワッとざわめいた。

「えぇっ！　高田、お前、マジでハマってる女いるわけ？」

「遊び人の名が泣くぜ？　何人目だよ、お前」

「いや、今回は本気なの。なんか、今までとは違うんだって。めちゃくちゃ真面目な子だし」

でかい声で話をしているため、話が筒抜けだ。高田って陽平と同じバスケ部だったんだなと、その後ろ姿を捉えながら思っていると、陽平が意味深な視線をこちらへ向けた。

「なに？」

「んや、べつに」

そして、またすぐに目を逸らし、顎をこする。

「モノにすればいいだろ、さっさと」

「アプローチはしてるんだけどさー、なんか全然ピンときてくれてないっていうか。ちょっと天然入ってるんだよな、彼女」

「お前が言うなっての、高田」

ギャハハハと下品な笑い声が俺と陽平の前で響いている。結構な盛りあがり具合だ。

高田はいじられキャラらしい。それよりなにより……。

「……陽平、お前言ってないの？」

「ん？　なにを？」

横目でにらみながら小声で聞くと、すっとぼけた顔をする陽平。

「で、誰なんだよ、相手は」

「お前らクラス遠いし、聞いても分かんねーよ」

「いいから、誰だよ？」

「隣のクラスの楠原果歩って子」

「は？　楠原？　そんなヤツいたか？」

「ほら、知らねーくせに。まぁ、あんまり目立つタイプの子じゃないからな。でも、掘り出し物なの」

顔を見なくても、高田がにやけながら言っているのが分かる。

〝掘り出し物〟……。

まるで、自分以外は彼女の魅力に気付いていない、とでも言うように得意げな高田に、ピキンと頭の奥で音がした。なにより、楠原が〝物〟扱いされたことに、ジワジワと怒りが込みあげてくる。

「お、おい孝文。あのな、べつに俺は言ってもよかったんだけど、深沢達が高田には黙っとけって……」

陽平が焦りながら、ものすごい小声で説明しだす。

「……お前ら、ホント……」

頭を押さえて大きなため息を吐くと、またもや男集団が騒ぎたてる。

「超かわいいんだって、果歩りんちゃん。チューして触りまくりてー」

「アハハハ、アホだコイツ。サルだサル」

「…………」

思わず足を速め、前を歩いている高田の肩に手を置く。後ろを一切振り向かずに歩いていた高田は、驚いた顔で振り返った。

「ん？　あれ？　誰？　陽平のダチ？　どっかで……」

「……っあ、イトコ。前言ってた、イトコの早瀬孝文。そんで、あの……」

高田を引き止めた俺をチラチラ見ながら、陽平が慌てて間に入る。

「あぁ、前に果歩りんちゃん引っぱっていった、図書委員の」

「楠原、彼氏いるよ」

「へっ!?」

俺の言葉に高田が目を丸くする。そして周囲のバスケ部仲間も、一瞬凍りついた後で一気にざわつきだした。

「マジでっ？　誰っ？　誰っ？」

陽平は、「あちゃー」という表情で額を押さえている。

「楠原本人に聞けば？」

きょとんとした顔の高田。ほっそい眉が垂れ気味になり、女の子みたいに首を傾げる。

「えー、教えてくれてもいいじゃーん」

……このぶりっこ男め。

「じゃーな、陽平。俺、靴箱のとこに寄るから」

高田の肩から手を離し、俺はひとりで校舎の方へ方向転換する。

「おい、孝文。俺も」

「邪魔。あとで、ひとりで来い」

大人げないと思いながらも、内心めちゃくちゃ腹が立った。陽平含め深沢達は、高田が楠原に好意を持っていると知っているはずなのに、俺が相手だということはさておき楠原に彼氏がいるということすら知らせていない。なんの気なしにからかっていたのか放置していたのか、俺にも楠原にも、もちろん高田にも失礼な話だ。無論、さっきの発言は聞き捨てならないから、彼に同情はしないけれど。

「あ、お疲れ様、早瀬くん」

靴箱で待っていた楠原が、俺の姿を見つけて小走りで近付いてきた。

「…………」

なにより楠原が高田に言ってくれればよかったのにと、その無邪気な笑顔を見ながら思う。目の前まで来た何も知らない楠原は、俺を見上げてニコニコと言葉を待っている。

「……お疲れ、楠原」

なんか俺だけがやきもきしている気がして、小憎たらしくなってきた。

「かわいいね、今日も」

そう言うと、楠原は予想どおり顔を赤く染めてうつむく。俺はそのまま楠原の頭を撫でて、もっと赤くさせた。誰もいないけれど、校舎の前でこんなことをされて、さぞかし恥ずかしいだろう。ひとりよがりなお仕置きをして、楠原を困らせる。

「そうだ。あのね、来週の水曜日に、恵美ちゃん達にカラオケに誘われてね」

いつもの帰り道を歩いていると、楠原が思い出したようにそう言ってきた。

「……〝達〟って？」

眉間にシワを寄せて聞き返す。多分、俺の勘は的中する。

「えっと、玲奈ちゃんと木之下くんと高田くんと……」

ほら、油断するとすぐにこういうことになる。

「どうしたいの？　行きたいの？」

「え……と……」

「行くなって言ったら、行かない？」

「え？」

じっと楠原を見つめると、楠原はしばらく考えた後で、

「……うん、行かない」

と真顔で頷く。なぜか頬が緩んでいる。

「なに？」

「や……あの、なんか……うれしくて」

「なにが？」

「ヤキモチだったら、うれしいなって……」

「…………」

あぁ……脱力してしまう。素直の度が過ぎて、火のついた怒りが即鎮火する。つくづく思う、彼女は天然小悪魔だと。

「ホントはカラオケ……行きたいの？」

ちらりと楠原を見て尋ねる。

「ううん、そんなことないんだけど」

「だけど？」

「なんか、放課後に遊びに行くって高校生なら普通なのに、私はあんまりないなーって、しみじみ思って」

楠原は、うつむきながら首を傾げてそう言った。

「行く？　カラオケ、今から」

「え？　早瀬くん、歌うの？」

とてつもなく意外そうな顔をする楠原に、

「いや、歌わないよ」

とすかさず返すと、

「う、歌わないんじゃ、部屋に行くのと同じだよ」

と言って口を尖らせる。

「じゃあ、俺の家に行こうか」

へ？　と顔で表した楠原が立ち止まった。そして次の瞬間には、夕日のオレンジ色に負けないくらい頬をピンク色にして、「い、いいけど……」と答える。ちょっとしっくりきていなさそうだけれど、照れてうれしそうな顔。誘導に自然に乗ってくれるのも、俺にとっては楠原の長所だ。

「おーい、おふたりさん」

　ちょうど公園を通りすぎようとした時、聞き慣れた声が近付いてくるのに気付いた。

「あ、木之下くんだ」

「いいよ、無視して行こう」

　声で気付いていた俺は、振り向かずに歩調を速める。

「……と、あれ？　女の子と一緒だ」

「え？」

　ふたりで立ち止まると、公園から出てきた陽平達がこちらに向かってきた。

「待ちぶせしてたのに、ひでぇな、孝文」

「あとで、ひとりで来れば、って言ったはずだよ。待ちぶせしろとは頼んでない」

「はは、相変わらずね。あんた達ふたりが集まると」

　会話に入れず、きょとんとする楠原。くいっと俺の腰あたりのシャツを引っぱり、

「早瀬くん、どっかで見たことあるんだけど、この人……」

　と小声で聞いてきた。

「あぁ、サッカー部のマネージャーの立宮尚子（たてみやなおこ）。陽平と同じクラス」

「そっか……マネージャーさん」

　思い出して、納得という顔をした楠原。人見知りな性格だからか、ちらっと立宮を上目遣いで見てから、ペコリと軽く頭を下げた。

「途中で一緒になったの？」

と聞くと、

「お前らがここ通るまで、付き合ってもらってた。公園で」

と、親指で公園を指す陽平。

「缶ジュース一本じゃ安いけどね」

「仕方ねぇだろ、所持金二百円なんだから」

陽平と立宮が言い合いをしだす。楠原はなんだか居心地が悪そうだ。そんな彼女に気付いたのか、立宮が、

「これ、彼女？」

と楠原に顎を向けて聞いてきた。

「そうだよ。ていうか〝これ〟って言うな」

とすかさず言い返すと、

「ふーん、こういうのが趣味だったんだ」

と腕組みをしながら楠原を下から上まで見て、まるで品定めをするかのような立宮。

立宮は男勝りだし、歯に衣着せぬ言い方をする。いわゆる女版陽平だ。

「楠原、悪気があって言ってるんじゃないから、立宮は」

どんどん表情がこわばっていく楠原にそっと耳打ちをすると、彼女は固まったまま

で、「……うん」と小声で返事をした。

「おじさん、元気？　久しぶりに孝文の家のアトリエ行きたい、私」

立宮にそう言われ、チラリと楠原のつむじを見る。きっと今、うつむきながらいろいろと思案しているのだろう。

「ダメ。彼女できたから、他の女は家に入れないことにした。悪いけど」

そう返した瞬間、ハトが豆鉄砲を食ったように目を丸くする立宮。陽平は小さく口笛を吹いた。

「えらい入れこんでるのね」

「そうだね」

「ハハ、さらっとノロケてるし。彼女さん、顔赤いわよ」

楠原の顔を見ると、頬にほんのり赤みがさしている。俺のシャツを握る彼女の手の力が、少し強くなった。

「なにさん？」

「楠原だよ」

「孝文に聞いてないわよ。本人に聞いてるの」

「……楠原……果歩です」

楠原はうつむいていた顔を上げ、おびえながらも、ちゃんと立宮を見てそう答えた。

「果歩ちゃん、ね」

ふーん、と言いながら微笑む立宮。同い年なのに、なぜか楠原のほうが何歳も下に見える。

立宮は、「よろしく、果歩ちゃん」と、楠原に右手を差しだした。楠原もおずおずと手を差しだし、立宮と握手する。

「果歩ちゃん、その無口、わざと？　それとも人見知り？」

「えっ？」

「あのさ、立宮。楠原は、お前みたいにズカズカ相手に踏みこむようなタイプじゃないから。他人がすべて自分と思考や言動が同じだと思うなよ」

「違うわよ。小動物みたいでかわいいから、つい、ね」

俺の言葉に、すかさず笑って返す立宮。楠原は話のテンポについていけないのか、瞬きを繰り返しながら俺たちを交互に見る。楠原にとっては、ここまではっきり言う女は珍しいのだろう。まぁ、立宮の言うことも少しは理解できるけれど。

「かわいいのは分かるけど、いじめるのはやめて」

そう言いながらポンポンと楠原の頭を撫でるように叩くと、陽平が、「俺、痒い。なんか、すっげー痒いんだけど」と首を掻いた。

「なんだか逆に見せつけられちゃったわね。まぁでも、部活の時には見られない孝文の顔が見られてよかったわ」

　立宮は腰に手を当てて、ため息を吐くように笑う。百六十五センチくらいの身長、ひとつに束ねた、ロングストレート、人の心に土足で入ってくるような語り口調。慣れている俺らからすれば普通だけれど、ちっちゃくて引っこみ思案の楠原からすれば、さぞかし迫力のある女だろう。

「おい孝文、そろそろ行こうぜ。俺かなり腹へった」

　後ろの方で退屈そうにしている陽平が、地面の小石を蹴って催促する。

「陽平、やっぱり今日来ないで。立宮とファミレスにでも行って」

「はぁ？」

「じゃーね」

　俺は立宮に軽く手を上げてから楠原の手を引き、歩みを再開した。楠原は、陽平達と俺とをそれぞれ二度見し、後ろに軽くペコリとした。

「………」

　しばらくお互い無言で歩く。ちょっと暗くなってきた帰り道。あと数分で家に着くという所で、ようやく楠原が口を開いた。

「立宮さんて、早瀬くんの家に遊びに来たこと……あるんだね」

　無理してぎこちない笑顔をつくりながら、俺を見上げて聞いてくる楠原。その顔を

見て、

「立宮は小学校の時に通っていた絵画教室で一緒だったんだ。陽平も通ってたし、そこで三人仲よくなって、家のアトリエにもよく遊びに来てたよ」

と説明する。

「そっか。そんなに長い付き合いなんだ」

楠原は小刻みに二回頷いた。不安そうに揺れる瞳は相変わらずだ。

「聞きたいことがあるなら、もっと聞いていいよ。ウソはつかないから」

「……うん」

ちょうど家に着いた。俺は少し考えて、離れのアトリエの方を見る。

「親がいるから、アトリエの方へ行こうか。俺はべつにいいんだけど、楠原緊張するでしょ?」

「え? いや……うん、緊張はするけど……」

門扉(もんぴ)フェンスを閉め、家の横の小さな建物を指差して、

「あれがアトリエだから、入り口で待ってて」

と伝える。楠原は、「うん……」とすでに緊張した面持ちでアトリエに向かっていった。俺は家に入り、アトリエのカギを取ってから楠原の元へと急いだ。

「そこ、座っていいよ」

アトリエに入って電気をつけ、カウチソファーを指差す。楠原はキョロキョロしながら、促されるままに腰を下ろした。

木の匂いと油絵の具の匂いが充満している、二十畳以上の広さのアトリエ。天井は高く吹き抜けになっていて、隅にテーブルとソファー、その他は大小さまざまなキャンバスが重ねて立てかけられていたり、長机に流木や瓶が無造作に置かれていたり、描きかけの作品がイーゼルにかけられたままだったり、雑然としていてお世辞にもきれいだとは言えない状態だ。

でも、自分の部屋に入れた時同様、楠原がいるってだけで、見慣れた風景もまるで違った空気をまといだす。

「はい。冷蔵庫開けたら、これしかなかった」

ペットボトルのジャスミンティーを手渡し、俺は缶コーヒーをテーブルに置き、楠原の横に座った。

「ありが……わっ」

ものすごくフカフカして沈むソファーのため、俺が座ったことで楠原の重心が傾く。

「ごめっ、ごめん、早瀬くん」

バランスを崩し、座ったまま俺の肩にコテンと頭を乗っけてしまった楠原が、慌てて体を立て直す。

「わざとだからいいよ」と言うと、楠原は予想どおり赤くなり、無言でジャスミンティーの蓋を回して開けた。ほんの少し頬を膨らませている。

「ぶ」

なんだか無性にかわいくて、そっと頭を撫でる。たしかに小動物みたいだ。

「たっ、立宮さんって、いつくらいまで、ここに遊びに来たりしてたの?」

びっくりした。楠原が急にぐりんとこちらを向き、まっすぐ俺を見て質問を投げかけてきたから。さっきからずっと考えていたのだろうか。

「中学に上がってからはほとんど来なくなったけど、最後に来たのは去年かな」

正直に話すと、「ふーん……そっか」と少し淀んだ声が返ってくる。

「マネージャー……」

「なに?」

「……いや……やっぱ、いいや」

「いいの?」

「……うん」

なにかを聞きかけた楠原は、目を逸らして自信のなさそうな顔でうつむく。考えていることが手に取るように分かってしまうのはなぜだろう。

「俺と前から仲がよくて、そのうえサッカー部のマネージャーまでしているから、なにかあるんじゃないかって思ってる？」

「……っ」

ぶんっとすごい勢いで、うつむいた顔をこちらに上げる楠原。

「でしょ？」

「あ……」

うん、という代わりに、楠原はバツが悪そうにコクリと小さく頷く。そして、きゅっと下唇を噛んだ。

「………」

しばらくの沈黙。楠原は俺が言葉を発するのを待っているのか、うつむきながらスカートの上の手で拳をつくっている。ここまで話した以上は、本当のことを言わないわけにはいかない。

「あったよ、なにか」

楠原の目が、一瞬大きく開いた。唇を一層キツく結んだのが分かる。

「去年、告白された」

「告白……」

「そう。ずっと好きだった、って。小さい頃から」

「………」

楠原の喉が少し上下して鳴る。口をためらいがちに開けかけては閉じ、ようやく意を決したように声を発する。

「早瀬くん……もしかして、付き合っ……」

「まさか」

ふっと笑って否定する。俺が中学の頃から楠原のことが好きだと知っていて、なんでそんなことを言うのだろうか、この人は。

「断ったよ」

「………」

「ま、アイツはあの性格だから、それでも普通に話しかけてくるし、マネージャーも辞めてないけど」

「……まだ、好き、とか……」

楠原は上目遣いで、眉を下げながら俺を見る。

「心配？」

返事をする代わりにうつむく楠原。

「でも、俺は楠原と付き合いだしてすぐに、彼女できた、って言ったよ。立宮にも」

「………」

「楠原と違って」

「え？」

プシッ、と音を立てて缶コーヒーを開け、ひと口喉に流し込む。少し前かがみになった姿勢で、斜め下から楠原の目を覗きこんだ。

「…………」

楠原が気まずそうな顔をしだす。俺は手を伸ばして、やんわりと親指で楠原の下唇を撫でた。

「あ……の……」

少しだけ動いた楠原の唇に合わせて、俺の指も動く。目を細めてその様子を見ながら、どんどん楠原の頬が朱に染まっていくのを観察する。

情けない。妬かせたいからって自ら立宮のことを話したり、楠原が高田に彼氏がいるって言ってないことに対してのイヤミを口にしたり。

俺は子どもだ。もっと困ればいいのに、もっと妬けばいいのに、もっと根掘り葉掘り俺に問いただせばいいのにと、自分本位なことばかり考えている。うつむく楠原の紅潮した頬を見て、俺は心の中で自分自身にため息を吐いた。

「……来週の水曜日、やっぱ、行ってきなよ」

「え？」

「カラオケ。せっかく深沢達が誘ってくれたんだから。今までできなかった高校生らしいこと、しておいで」

すっと楠原の唇から指を離し、いつもの顔をつくる。大人げなく言ってしまうのをこらえて、努めて穏やかな口調で。

「でも……」

「付き合っているからって、楠原は俺じゃないし、俺は楠原じゃないから」

そう言う俺に、楠原はよく分からないという顔で首を傾げる。

俺がイヤだろうから行かない、じゃなくて、楠原自身にイヤだ、と思ってもらいたい。こんなのエゴだって分かっているけれど、自分と同じくらいの気持ちを相手にも持ってもらいたい。そういう押しつけがましい考えが、知らず知らずに顔を出してきだす。

恋愛は苦手だ。大切にしたい気持ちと独占欲が、表裏一体で矛盾を生じさせる。

「うん……」

と、おそらく俺の気持ちを三十パーセントも理解していないだろう楠原の返事に、
俺は無言で微笑む。そっと楠原に手を伸ばしたら、その頬は軽くピクリとこわばり、一瞬だけ片目を閉じた。なんだか悔しくて、おでこにキスをする。

嗅ぎ慣れた落ち着く匂いと、だだっ広い密室。目の前には、大切で愛しい女の子。

口にされるのかと思ったのか少し意外そうな顔をした彼女に、見透かしたような目

で微笑んでみせると、真っ赤になってまたうつむいた。

さて、どうしたものだろうか。自分ですら、持て余しだした自分。

「送るよ」

俺はポンポンと楠原の頭を撫でるように叩き、ソファーから立ちあがった。

果歩――〝彼女〟の自覚

早瀬くん、モテるんだな……。

「果歩りん、なに、ぼんやりしてるの？」

「あー、もしかして早瀬のことでも考えてたんじゃないの？　また」

昼休み。お弁当を食べていると、いつものように恵美ちゃんと玲奈ちゃんがからかってきた。図星だったので、

「うん……考えてた」

と素直に答えると、一瞬目をパチクリさせ、「かわいい」と、ふたりして私の頭をグリグリこね回す。

早瀬くんは優しいし、頭もいいし、そのうえ運動神経もいい。顔も整っているほうだと思う。これだけ条件がそろっているんだから、実際にモテるのは頷ける。頷けるんだけど……。

「隣のクラスの立宮さんって、どんな人か知ってる？」

私は、どこか後ろ暗いような気持ちでふたりに聞いてみた。

「あぁ、立宮尚子でしょ？　女イケメン」

「尚子、いいヤツだよ。裏表ないし、男女関係なく信頼厚いし。私は好きだけど」

ふたりとも好印象のようで、立宮さんのことを悪く言わない。

「でも、あのモデル体形と本音をズバズバ言うところ、苦手な人はいるだろうねぇ」

「そうねー、まぁそんなの気にしてなさそうだけど」

私は、うんうんと頷く。たしかにそんな感じだった。

「で、果歩りん。なんで、尚子？」

「え？　ううん。いや……」

「もう、秘密主義なんだから、果歩りんは」

玲奈ちゃんが、ま、言いたくなければ無理して言うことないけど、と笑う。

言ってみようかな？　笑われないだろうか。

「は、早瀬くんとも仲がいいみたいで……」

控えめにそう言うと、ふたりは意味深な笑みを浮かべ、「果歩りん、ヤキモチ？

かわいい～」と、私の腕を小突く。

「大丈夫よ、お宅の旦那は」

「そうそう、早瀬は果歩りんにゾッコンなんだから」

そうかな？　最近、ちょっとそっけない気がするんだけどな。キスもしてくれない
し……。

頭の中で呟いて勝手に恥ずかしくなり、同時に落ちこんでしまう。なんだか、ここのところ、漠然とした不安を感じる。大切にされているのは分かるんだけれど、そのモヤモヤの正体が分からない。

「あ、ほらほら、帰ってきたよ、旦那様」

屋上での昼食から教室に戻ってきた早瀬くん。恵美ちゃんと玲奈ちゃんはにっこりと笑って、早瀬くんにわざとらしく会釈をしてみせた。早瀬くんはこちらを見て一瞬立ち止まったけれど、無表情でふいっと顔を戻し、自分の席に着く。

「うーん、さすがクールビューティー。ほら、果歩りん以外には笑顔も返してくれないから大丈夫よ」

冗談交じりに小声で声援をくれる恵美ちゃん。私は、「ハハ」と笑って、食べ終えた弁当箱を閉じた。

「あ」

「あ……」

昼食後にひとりで行ったトイレの帰り、廊下で立宮さんとすれ違った。

「こんにちは、果歩ちゃん」

「こんにちは」

立ち止まられたので、私も足を止めて小さく頭を下げる。

「なんで頭下げるの？　同い年なのに変よ」

「あ……ごめんなさい、なんとなく」

「ほらまた、敬語だし」

立宮さんはそう言って笑いながら、

「ねぇ、この前はあの後、孝文の家に行ったの？」

と続けた。またもや早瀬くんのことを〝孝文〟と呼んだことに、私の胸には苦みが広がる。

昔から仲がいいんだから、べつに呼び捨てでもおかしくはないんだけれど、なぜだろう……立宮さんが早瀬くんとの親しさアピールをしているように聞こえてしまう。

……私、やっぱり少し、彼女が苦手かもしれない。

「い……行きました」

「ふーん。ま、当たり前か、彼女なんだから」

「…………」

べつに悪気があって言ってるんじゃないはず。だって、早瀬くんも玲奈ちゃんもそう言っていた。裏表がないだけなんだと、そう自分に言い聞かせる。

「うらやましい」

「え？」

立宮さんは身長が高いので、私は彼女を見上げた。口角をきゅっと上げて、きれいな笑顔を浮かべている立宮さん。

「私、孝文のこと好きだったから、果歩ちゃんがうらやましい」

「…………」

隠さずにスルスルと話す立宮さんに驚いて、なにも答えることができない。

「言っとくけど今は違うよ。私、昔フラれちゃってるからさ。でも、孝文と付き合ったらものすごく大事にしてくれそうだから、純粋にうらやましいなって」

「は……はい」

「はい、って」

ふふっと、立宮さんは笑った。

「かわいいね、果歩ちゃん。こりゃ、私が孝文を押し倒しても無理なはずだわ」

「え？」

ん？　おしたお……？

自分からは縁遠い言葉に固まる。

「あれ？　ごめんごめん、過去だから許してね。孝文の家にアトリエあるでしょ？　あそこのふかふかのソファーのとこでさ、ほら、私ってなりふり構わず突っ走っちゃうタイプだから、襲っちゃったの」

　驚愕の事実に頭の中が整理できないまま、それでもなにか言わないとと思って、

「……あ、っと……。お、男らしいですね」

　と、的外れなコメントをしてしまう。なにを言ってるんだろう、私は。

「アハハ、よく言われる。ごめんごめん、付き合いだしたの最近だよね？　一年前のことだから、時効ってことで許してね」

「ハ……ハハ。はい」

　あまりにも無邪気な笑顔を向けられたもんだから、私もつられて愛想笑いをする。

　あれ？　でもここ、笑うところ？

「じゃーね、バイバイ」

「バ、バイバイ」

　こわばった不自然な笑顔のままで手を振り返す。そして、〝一年前〟という言葉を反芻した。

　教室へ戻り、自分の席まで心ここにあらずで歩く。席に着くと、ちょうど次の授業開始のチャイムが鳴った。教科書とノートを出すも、まったく気持ちが切り替えられない。

「…………」

以前、図書室のカウンターで早瀬くんと話したことを思い返す。

『……付き合ってはなかったけど、まぁ、それなりに』

『去年……だったかな』

はぐらかしながらもそう言っていた早瀬くん。あれは、もしかして……。

「…………っ」

頭の中で妄想がモクモクと大きくなりだし、ひとりでに顔が赤くなったり青くなったりする。さっき立宮さん、『押し倒した』って……『襲っちゃった』って言ってた。それでも無理だったって言ってたけれど……。

え？　でも〝それ〟って……どこまで？　〝それなりに〟って、それなりにそれなりな段階まで？　え？　それじゃあ……それなりな段階って、どこらへんま……。

そこまで考えると、まるで発火したんじゃないかと思うほど、私の顔は急激に温度を上げた。

考えだしたら止まらない。考えたくなくても止まらない。べつに誰かに見られているわけじゃないのに、私は必死に横髪を前にもってきて、うつむきながらその顔を隠した。

「なんかあった？」

「え？」

「今日、全然しゃべらないから」

帰り道。早瀬くんにしゃべりかけられてハッとする。

「いや、ううん、なにも」

「そ？」

「……うん」

また沈黙が生まれて、足音だけが際立って響く。過去のことなんて関係ないと思う自分と、それでもどうしても気になってしまう自分が、頭の中でせめぎあっている。

「ホントに言いたくないんなら、べつにいいんだけど、聞いてほしいの？　それとも、そっとしててほしいの？　その考えごと」

「…………」

顔を上げると、無表情の早瀬くんが歩きながらもこちらを見下ろしている。なにもかも見透かしているんじゃないかと思うような落ち着きはらった視線に、私は、

「……ホ、ホントに大したことじゃないんだけど、そっとしててほしい、かも」

とうつむく。

「ふーん」

早瀬くんがなおも私を上から見つめているのが分かったけれど、私は気付かないフ

リをして普通を装いながら歩いた。

日が落ちるのが遅くなり、ふたり分の影がコンクリートの地面に細長く映しだされている。影は重なることがなく、人ひとり分、間を空けたままで私達の足を追ってくる。私はぼんやりと気付いた。最近手をつないでいないな、ということに。

「高田から、なにか聞かれてない？」

急に話を振られて、顔を上げる。

「高田くん？　ううん、最近しゃべってないよ」

「そう」

「なにかって、なに？」

「べつに大したことじゃないよ」

話題は短く途切れる。早瀬くんの言いたいことがよく分からないまま話が終わり、なんだかヘンな空気に包まれているような気がして、足が一層重く感じる。

恋人同士って、もっと気軽になんでも話せて、自然に触れ合ったりできるもんじゃないのかな？　多少素直になって自分の気持ちを出すようにはなったものの、イヤな感じに受け取られたらどうしよう、とか、自分だけが変なのかな、っていう不安が、相変わらず二の足を踏ませる。

〝彼氏彼女〟になってからは、それ以前とはまた違った形で、感情を出すさじ加減が難しくなった。恋人同士の〝普通〟って、なんなんだろう。自分から手をつないでみてもいいのだろうか。

「………」

自分だけが焦っているみたいで、少しだけ悲しくなる。早瀬くんは、こんなこと考えないんだろうな。もっと近づきたいとか、関係を発展させたいとか……。

「………」

発展……って。

自分で、あ、私、赤くなる、という予兆を感じとれても、赤くなるのを止められない。せめて早瀬くんに、この顔を見られていませんように……。

「楠原、顔、ヘン」

見られていた。

「………」

「百面相。なんかヘンな妄想でもしてたの？」

ふっと笑う、余裕そうな顔。やっぱり早瀬くんは、私みたいに心が乱れることなんてないんだろうな。

あっという間に、家の前まで着いた。いつもどおり早瀬くんは、「じゃ」って軽く手を上げて行ってしまう。週末だから、次に会えるのは月曜日だ。今話さないと、このモヤモヤは来週まで持ち越してしまう。

「早瀬くんっ」

咄嗟に呼び止めていた。すでに自分の家の方へ歩きだしていた早瀬くんは、ゆっくりと夕日を背に浴びて振り返る。

「あ……」

でも、なんて？　なんて言うの？　私。

立宮さんに押し倒されたって本当？　〝それなり〟ってどこまで？　最近触ってくれないのはどうして？

「…………」

ダメだ……私、イタすぎる。

「あ……日曜日、試合がんばってね」

「うん、ありがと」

結局、代わりに思い浮かんだのはそれだけで、そのまま「それじゃ」と手を振って別れた。

……バカみたいだ。その場で駆けっこしているみたい。バタバタしているだけで、全然前に進めていない。

「はぁ……」

　家に入り、重い足取りで階段を上る。

「果歩ー。キッチンの窓からたまたま見えちゃったんだけど、あの男の子、彼氏？」

　振り返ると、お玉を持ったままのお母さんが階段の途中にいる私をニコニコと……いや、ニヤニヤと見上げていた。

〝彼氏〟……。こんなんで、ちゃんと恋人同士って言えるのだろうか？

「……多分」

　私はお母さんにそれだけ答え、また二階の自分の部屋へと足を進める。

「なに？　その微妙な言い方」

　お母さんは納得のいかないような顔をして、キッチンに戻っていった。


　日曜日。家の近くだということもあり、こっそり早瀬くんのサッカーの試合を見に行くことにした。恥ずかしかったから、早瀬くんには伝えずに、でも内心は、彼氏の試合を見に行くなんて彼女っぽい、なんて矛盾した感情を持ちながら。

　それに、家で悩んでモヤモヤしているよりは外へ出たほうがいいだろう。気分転換も兼ねて、足を繰りだした。

「キャー！　戸田先輩っ」

「シュート！　そこ、シュートでしょっ！」

そこまで広くない市営のグラウンド。周りはフェンスで囲ってあり、その内側で女の子の集団が固まって応援している。私はフェンスの外側で、その女の子グループを隠れ蓑にしながら、すでに始まっている試合を覗いた。

……あ、早瀬くんだ。

遠くからでも分かった。サッカーに疎くてポジションがどことか分からないけれど、手前にある相手チームのゴールの、わりと近くにいる。

「キャー！」

相手のボールを取ったとたん、黄色い歓声が上がる。すごいな、いつもこんな感じなのかな？　試合って。私はこういうのに慣れていないので、一歩引いたような気持ちで眺める。

「あ」

遠くにいる味方のパスに反応して、瞬発的に走りだした早瀬くん。大きく飛んできたボールをあざやかに受け止めて、華麗なドリブルを披露する。早瀬くん……かっこ……。

「キャー！　早瀬先輩っ」

ひと際大きな歓声に、私はときめきそこねて面食らってしまった。〝先輩〟と呼んでいるところを見ると、この子達は一年生だろうか。

さわやかな顔で、ひたすら相手をかわす早瀬くん。そして、あれよあれよという間にシュートをし、ボールがゴールネットを揺らす音がこちらにまで響いた。

「キャーーーー!!　ゴーーーーーールッ！　早瀬先輩、超かっこいい！」

女の子達は何人か、ピョンピョンと飛びながら手を握り合っている。

び……っくり、したー……。早瀬くんがゴールを決めたことによる感激よりも、今の叫び声に近い歓声への驚き……というか恐怖のほうが勝った。

早瀬くん、もしかしてかなりファンが多い？　しかも、後輩に人気なの？

いまだにキャーキャー言っている女の子達の後ろ姿。なんだか自分が彼女というのが信じられない。こうしていると、目の前の彼女達にも及ばないファンとかストーカーみたいだ。

ピーーーーと笛の音が響く。前半戦がちょうどそこで終わり、選手達が監督の方へ集まりだした。

「あ、ほら見て。マネの立宮先輩」

「わー、キレイ」

「細ーい。モデルみたい」

立宮さんが選手達に飲み物を渡しているところを見ながら、女の子達は感嘆のため息を吐く。

「えー、私イヤだな、あの先輩。だって、部員達とやたらと仲いいし」

ひとりの女の子が不満げな声を挟む。

「仕方ないじゃん、マネージャーなんだから」

「アハハ。戸田先輩のこと好きだから、ヤキモチ焼いてるんでしょ」

周りの言葉に、「もーっ」と赤くなりながらも怒るその子。ふと選手達が集まっている所に目を戻すと、立宮さんが早瀬くんに鎮痛消炎スプレーをかけてあげているところだった。足や肩に触れながら……。

「………………」

あぁ……イヤだな。私、この女の子と同じことを思ってしまっている。

「あ、ほら、早瀬先輩と立宮先輩見て。なんか、すごくいい感じ」

自分でも認めたくないことを前にいる女の子のひとりに言われて、落ち込んでしまう。

たしかにそうだ。美男美女だし、さらっとして大人っぽいところが……ふたりとも合っている。

「えー、でも早瀬先輩、彼女いるよ。私、一緒に帰ってるとこ見たことあるもん」

「あ、知ってる知ってる」

「えー、そうなの？」

……ヤバい。後ろの私には気付いていないみたいだけれど、慌ててケータイを操作しているように見せかけて、うつむく。

「どんな人ー？」

聞きたくない。

「うーん……普通」

「マジ？」

「普通すぎて、ちょっと意外」

「そう？　私はかわいいと思ったけど」

………。

ひとりがフォローしてくれているのも、なんだか申しわけない気持ちになる。でも、まさか後ろに本人がいるなんて思ってもいない状況で、この程度で済むんだったらいいほうだ。女の子達がする他人の評価って、実際はもっとえげつなかったりするから。

「私、早瀬先輩って立宮先輩とくっつくのかと思ってた」

ひとりの女の子がなにげなく言った言葉に、私は固まる。

「まぁ、たしかに似合って……」

それ以上、女の子達の会話を聞きたくなくて、私は元来た道を戻りはじめた。チラりと早瀬くんの方を見ると、立宮さんとまだ一緒にいる。べつに、笑い合って話しているとかではない。周りの人も一緒になって話しているし、部員とマネージャーの、おそらくごく普通の光景だろう。

「…………」

分かっている。これは取りたてて自分が動揺したり落ちこんだりする必要のないことだって。…………分かっているんだ。


「果歩りん、なんか今日、元気ないね」

「そんなことないよ」

月曜日。恵美ちゃんが私の席にやってきて、心配そうな顔で覗きこんできた。

「クマできてるよ？」

「昨日の夜、夜更かししちゃって、ハハ」

そう誤魔化しながら、昨日のことを思い出す。早瀬くんと立宮さんが一緒にいた光景や、一年生のウワサ話。気にしないと思いつつも、それらが頭の中から消えてくれなくて、よく眠れなかった。我ながら、こんなくよくよした性格とはいい加減にさよならしたい。

「果歩りんちゃんっ」

急に名前を呼ばれて、肩を上げる。

「あ、高田じゃん」

恵美ちゃんが、声のした方向を向いて手を上げた。教室の中に軽やかに入ってきた高田くんは、いつの間にか私の目の前にしゃがみこんで、下から見上げてきた。いつも思うけど、高田くんは人との距離が近い。

「おひさ！　果歩りんちゃん」

満面の笑みで手を上げる高田くん。タッチを求められているらしく、私はおずおずと手のひらを合わせた。ただの授業の間の休み時間だから教室には早瀬くんもいて、私はなんだかソワソワする。早瀬くんは一番後ろの席だから、きっと視界に入っているだろう。

「ねーねー、果歩りんちゃん、彼氏いるってホント？」

「げ。高田、なんでそれを」

なぜだろうか、恵美ちゃんが慌てている。あれ？　恵美ちゃん達がとっくに言っているんだと思っていたけど、やっぱり言ってなかったのか。私は背中で早瀬くんを意識しながら、「……うん」と控えめに頷く。

「ぐはっ！」

高田くんは大きな声でリアクションを取った後で、

「深沢も、なんで教えてくれなかったんだよ。俺、バカみたいじゃん。知らないうちにハートブレイク」

と胸に手を当て、おどけたように切ない顔をつくった。冗談と分かりつつも、笑っていいものか微妙だ。

「で？　誰？　相手」

「え？」

当然のように聞かれる。高田くんの大きな声のせいで、周囲のみんなも、顔はこちらに向けていないものの耳だけ傾けているような気がする。まぁ、知っている人もいるとは思うんだけれど。

「……え、っと」

どうしよう……恥ずかしい。私と早瀬くんは教室ではまったくと言っていいほど話してないし、今名前を出して無理やり話に巻きこんだら迷惑だろう。

「……な、内緒」

苦笑いしながらそう答えると、高田くんは目を点にして、

「えーっ、なにそれ？　超モヤッとするじゃん」

と訴えた。

「ハハッ、果歩りん、秘密主義だから」

恵美ちゃんが横で笑う。

「じゃあ、あきらめる代わりに果歩りんちゃん、前髪上げて、おでこ出して」

「え？　こ、こう？」

私は言われるがままにおでこを出す。すると、すかさず高田くんに指の腹でペシッと軽く叩かれた。

「わっ」

「アハハ、ツルツルだ」

高田くんは笑いながら、そのままほっぺたまでペタペタと触りはじめる。びっくりしすぎて、かわすことができずに固まる。

「高田、セクハラだよ、それ」

ジュースを買いに行っていた玲奈ちゃんが後ろからやってきて、高田くんの頭を叩く。

「ってぇ。俺のあきらめの儀式を邪魔するなよ」

「果歩りん、イヤがってるじゃん」

「え？　果歩りんちゃん、俺のこと、そんなにイヤ？」

玲奈ちゃんに言われて、子犬みたいな表情をこちらに向ける高田くん。

「え？　そ……そんなことないけど」

なんて返せばいいのか分からず、適当に笑い流す。みんなから注目されていて、空気的にもそう言わざるをえない状況だった。高田くんは玲奈ちゃんと恵美ちゃんに散々いじられて、少ししょんぼりしながら自分の教室に帰っていった。それと同時に、次の授業の開始のチャイムが鳴る。

「………はぁ」

私は早瀬くんが気になったけれど、なんとなく振り向くことができず、小さくため息を吐いた。

なんか疲れた。でも、今のゴタゴタよりも、昨日のことのほうがいまだに私の中では大きくて、すぐに脳内によみがえってくる。

『早瀬先輩って、立宮先輩とくっつくのかと思ってた』

「………」

私は早瀬くんの彼女です、って言えなかったのは、もしかしたら、そこからくる自信のなさが原因なのかもしれない。私じゃ不釣り合いなのは最初から百も承知だし、こんなの気にすることじゃないのかもしれないけれど、やっぱり胸を張れない自分がいた。

「あ、果歩ちゃんだ。元気？」

放課後、図書室に向かう途中で、後ろから立宮さんに声をかけられた。こういう時に限って、出くわしてしまう。

「うん、元気だよ」

「どこ行くの？」

「図書室だけど……」

「じゃあ、途中まで一緒に」

断る理由もなく階段を一緒に下へおりながら、私は自分の笑顔のぎこちなさを感じた。手足がすらりと長く、美人で凛（りん）としている立宮さん。その横に並んで歩く自分を想像すると、どんどん卑屈になっていく気がする。

「孝文、大丈夫だった？　足」

ふいに立宮さんが、心配そうな顔を私に向けて聞いてきた。なんのことか分からない私は、「え？」と言って首を傾げる。

「ほら、昨日、試合で少しひねってたから。試合中はなんともなさそうに続けてたけど、帰りに引きずってたし」

「あ……そ、そうなんだ」

……知らなかった。試合も見に行ったけれど、全然気づかなかった。

「あ、ごめん、知らないか。昨日のことだもんね。孝文、メールとか電話もしなさそうだし」

立宮さんの表情からは、悪気はまったく感じられない。ただ、思ったことをそのまま言っているだけだ。苦手意識を抑えて、私はそう自分に言い聞かせた。

「……ハハ」

私はまた愛想笑いをすることしかできず、なんだか自分が情けなく感じた。早瀬くんのことを自分より分かっている人がいることを、こんなにイヤだと思うなんて。心の中のドロドロの粘着度が増していくのを感じて、自己嫌悪に陥りそうになる。

「孝文は活躍してる分ケガが多いからさ、マネージャーとして心配してるんだよね」

「……うん」

「あ、そういえばほら、へその横にもハート形の薄い傷痕があるじゃん？　あれも、小さい時サッカーボールに乗っちゃって、転んでできた痕らしくてさ」

「…………」

〝あるじゃん？〟……って聞かれても……。

「バカだよね、ホント。運動神経あるんだかないんだか」

「……私、知らない」

「え？」

「私、知らないんだ」

立宮さんを見上げ、ハハ……と力なく笑いながら、なんだか泣きそうになる。だって私……本当に知らないんだ。

「お前、いじめてねーか？　楠原さんを」

ちょうどその時、後ろから木之下くんが立宮さんの肩に手を置いて呼び止めた。

「あっぶな！　陽平!?　驚かせないでよ、階段から落ちたらどうすんの？　ていうか、いじめてないし」

「だって、なんか楠原さんの顔、こわばってない？」

「いや、ハハ……大丈夫だよ」

愛想笑い、今日、何回目だろうか。木之下くんに見透かされてしまうほど余裕がないのか、私……。

「果歩ちゃんと仲よくなろうとしてんの。変なこと言わないでよ」

立宮さんは、顎を上げながら木之下くんをにらむ。

「ハハ。俺には、あなた達の間に壁が見えるんですけど。楠原さん、どう見てもお前に心開いてねえし」

このストレート星人達は、私の気持ちなんてお構いなしにポンポンと本音のラリーを続ける。木之下くん、そういうこと言うと、一層壁が厚くなるんですけど……。

「そんなことないわよね？　果歩ちゃん」

「う……うん。そんなことないよ」

なんかイヤだな。無理してそう言っている自分がイヤだ。そしてそれを、〝無理して〟って思っちゃってる自分もイヤだ。

「あ……私、急ぐから……」

階段をおりきった私は、少しでも早くこの場から立ち去りたくて、急ぐそぶりで図書室の方へ足を向ける。

「うん。じゃあ、またお話しようね」

立宮さんが、ニッと笑って手を振った。私はまた下手な愛想笑いで手を振り返し、図書室へと歩きだす。

『へその横にも、ハート形の薄い傷痕があるじゃん？』

「…………」

木之下くんが来たことで話題が逸れたけれど、繰りだす足を見ながら、頭の中ではその言葉がループする。

それなりのことがあったんだから、そういうことを知っていてもおかしくない。それに、過去のことだ。過去に嫉妬したって意味がない。

「…………っ」

でも、なんでだろう、こんな言いようのない気持ちになるのは。なんでだろう、早瀬くんは優しいのに、ちゃんと大事にしてくれているって分かるのに。やっぱり、どうしても自分が彼女なんだって自信が持てない。付き合っているのに、片想いから抜け出せない。

ようやく図書室に着いて扉を開けると、慣れたこの空気に安心したのか、ふっと力が抜けてため息がこぼれた。

疲れた。……なんか、とてつもなく……疲れた。

「入らないの？」

「わっ！」

背後から急に声をかけられ、驚きすぎて変な声が出る。本当に心臓が止まるかと思った。

「ハハ。図書室ではお静かに」

考えごとに没頭していて、背後の気配にまったく気付かなかった。私は聞き覚えのありすぎるその声に、ロボットみたいにぎこちない動きで振り返る。

「中、入ろうよ。図書委員さん」

扉の上のほうに手をかけたままの早瀬くんが、私を至近距離で見下ろしながら微笑む。

「はや、早瀬くん、なんで……」

「昨日、試合で足ひねっちゃったから、今日は部活休むことにした」

「あ……」

そうだ。さっき、立宮さんが言っていた。

「……大丈夫？」

「うん。大したことないんだけど、大事を取って」

中にゆっくり進みながらそう言うと、早瀬くんは後ろ手で図書室の扉を静かに閉めた。

「で、あの……」

「俺、図書委員なんだけど、させてくれないの？　カウンター係」

「あ……いや……」

心の中がモヤモヤモードで、なんだかいつものように自然な態度が取れない。そんな私を見て、早瀬くんはくすりと笑い、頭をポンポンとする。

「カウンターの中、入ろ」

「……うん」

ギッ……と椅子の軋む音がこの静かな空間に響くと、一学期の初めの頃みたいに心臓が跳ねる。最近ずっとひとりだったからか、隣に早瀬くんが座るのが、なつかしいというよりも新鮮な感じがする。ソワソワして、なんとなくこそばゆい。

珍しいことではないけれど、今日は今のところ、図書室内に他の生徒がひとりもいない。この広い空間をふたり占めしているという事実が、なおさら私を緊張させた。

「静かだね」

「……うん」

本を読もうにも読めず、宿題を出そうにも出せず、私は手持ち無沙汰にスカートの上で手遊びをする。ちらりと隣の早瀬くんに視線を移すと、彼は以前と同じ背景、同じ表情で私を見ていた。ふわりとやわらかい微笑み。でも、以前とはどこか違って見える。

「…………っ」

びっくりした。早瀬くんの手が音もなく伸びてきたかと思うと、私の頬をすっとなぞりはじめたから。表情を変えず私に触れ続ける早瀬くんを前に、目線をどこにやればいいのか分からなくなる。

「あ、の……」

「相変わらず、ビクビクしてるよね」

「え？」

「他の人になら、ベタベタ触らせてるのに」

「…………」

表情の分類でいけば〝笑顔〟のはずなのに、なぜか少し冷ややかな顔に見えて、私はゴクリとツバを飲む。早瀬くんの中指と薬指の腹が、頬からおでこ、おでこから鼻へと緩やかに移動する。そして、最後に唇を親指でスッとかすってから、また静かに顔から手を離した。

「俺の名前のシールでも、おでこに貼っておこうかな」

「…………？」

自分の言ったことにクスリと笑った早瀬くんは、ポカンとしている私に小さくデコピンをする。

……あ。

その時、早瀬くんの言いたいことがようやく分かった。今日、高田くんにいっぱい触られたからだ。だから……怒ってるんだ。

そう思ったら、ふわっと心が軽くなった。自分の中のモヤモヤを、早瀬くんが半分食べてくれたみたいだ。

「…………」

なにも言わず、さっきの早瀬くんみたいにそっと手を伸ばす。おそるおそる、指で早瀬くんの頬を撫でてみた。まるでお婆ちゃんが孫の輪郭（りんかく）を確認するような仕草に、早瀬くんはくすぐったそうに片目を閉じる。

……今、図書室に誰かが入ってきたらどうしよう。

そんなことを思いながらも、私の指は止まらなかった。早瀬くんのサラサラの髪の毛や、耳やおでこや鼻や顎を触りながら、こうやって無条件に早瀬くんに触れることができる〝彼女〟という特権に酔いしれているみたいだ。

「ふ。楠原、こそばゆい」

早瀬くんの口角がいつも以上にクイッと上がったので、今度は口の端に指を持っていく。静かな、他に誰もいない図書室。カウンターの中、五十センチほどの距離。向かい合った上半身に、彼氏の顔をひたすら触る彼女。

「…………」

あぁ、もしかして、ものすごく……。

「ヘンだね……私」

「ハハ」

私の言葉に、早瀬くんが目尻をくしゃっとさせて笑った。

「なら、俺もヘンだ」

意味深な目を向けて微笑む早瀬くんに、急に恥ずかしくなり、ぱっと手を離す。

「あっ、ご、ごめんなさ……」

「あぶなっ」

「ひゃっ……」

離れようと勢いよくのけぞったせいで椅子のバランスを崩して倒れそうになり、咄嗟に早瀬くんのシャツを掴む。片手でカウンターに手をつき、もう片方の手で私の背中を支えてくれた早瀬くんは、

「……っくり、したー……。ていうか、前もこんなことあったよね？　座ってて倒れそうになるなんて、逆に器用なんだけど」

と、安堵のため息を吐きながら言った。

「ごめんなさい……」

私は真っ赤になりながら、握ってしまった早瀬くんのシャツから手を離そうとする。

「あ……」

けれども、はだけた隙間からほんの少し見える早瀬くんのお腹の部分に、私の目は釘付けになってしまった。

「……いつまで握ったまま？」

とくに表情を変えず、固まっている私を見て聞いてくる早瀬くん。それでも私は、目を奪われたまま動けない。

……おへその横。細いハート形に見える、薄い……薄い傷痕……。

「楠原、どうしたの？　離して、手」

ふわっと早瀬くんの手が、シャツを握ったままの私の手を包んで離させる。

「…………」

私の頭の中は、立宮さんと早瀬くんのツーショットで支配されていた。そしてそれは、私の気持ちをどんどん苦くて重いものにしていく。

「……楠原？」

……イヤだ。

『一年前のことだから、時効ってことで許してね』

『私、早瀬先輩って立宮先輩とくっつくのかと思ってた』

考えたくないのに。考えたって、どうしようもないのに。

『あ、知らないか。昨日のことだもんね。孝文、メールとか電話もしなさそうだし』

『へその横にも、ハート形の薄い傷痕があるじゃん？』

知らない。私、全然知らなかったのに。

「………っ」

イヤだ。イヤだ。早瀬くんの過去や周りの評価や、自分の知らない早瀬くんを他の女の人が知っているという事実に、どうしようもない嫉妬の気持ちが溢れだしてくる。

「早瀬くんの部屋に行きたいっ」

「は?」

あまりにも急で脈絡のない私の提案に、目の前の早瀬くんが眉を寄せて聞き返した。

「アトリエでもいいから……ふ、ふたりになりたい」

「なんで? 今もふたりだよ? いきなりどうしたの?」

「もっと、こ……恋人らしいこと……したいから」

「…………」

ほんの少し驚いた色を見せた早瀬くんの目には、切羽詰まったような私が映っている。自分でも止められない焦りや歯痒い気持ちが、そのまま表情に表れて。

シャツから剥(は)がされた私の手は、まだ早瀬くんに握られたままだった。彼はその手にほんの少し力を込めて、

「……楠原」

と言った。まるで静かに諭すような声だ。

「泣きながら言うこと?」

早瀬くんの手がゆっくり私の目元へ伸びてきて、自分でも知らないうちに流れていた涙を拭ってくれる。続く沈黙の中、うつむいたままでなにも言えないでいる私の頭を、早瀬くんはそっと撫で続けてくれた。

「…………」

……どうしよう。バカみたいなことを口走ってしまった。今になって情けなさと恥ずかしさが込みあげてきて、心臓の音も顔に集まる熱も制御できない。顔も上げられなくて、ひたすら体をこわばらせることしかできない。

「楠原はさ、俺が自然に楠原の悩みに気付くのを待ってるの？」

「…………」

ぽつりと話しだした早瀬くん。私はうつむいたままで、その声を聞く。

「俺、超能力者じゃないから、楠原の思ってること、全部分かるわけじゃないよ？さっきの言葉が他の悩みから出たものだってことくらいは分かるけど」

「…………」

「違う？　違うならこのまま俺の部屋に連れていって、お望みどおり恋人らしいことするけど」

「そっ……」

そうじゃなくて、いや、半分そうだけど、そうじゃなくて……。

思うように伝えられない悔しさに、ハラハラとまた涙が出てくる。本音を言って、ウザがられないだろうか。イヤな顔をされないだろうか。

「楠原。泣くことで考えていることも一緒に流れ出てくれるならいっぱい泣いてもいいけど、言ってくれなきゃ分からない」

「う……ん」

もっともなことを言われて、顔をゆっくり上げる。

「急かさないから。ちょっとずつでもいいし、まとまってなくてもいいから、ちゃんと声に出して教えて？」

「…………」

早瀬くんの温かい手を握り返して、私はしっかりと彼の目を見た。早瀬くんは、穏やかに微笑んでいる。

「あの……」

言いたいこと……。

私は口を開きかけて、ピタリと停止した。

言いたいことは……。そう考えたとたん、もじゃもじゃと黒いツタみたいなものが、心の中をすごい勢いで蝕（むしば）んでいく。汚い。こんなイヤな感情を持っているなんて、知られたくない。

「…………っ」

キレイでかっこいい言葉に直そうと試みたけれど、無理だった。伝えたいのに、知られたくない。矛盾した板挟みの感情に、私の顔はいっそう歪んでしまう。

「楠原。じゃあさ、お互い言い合いっこしよう」

「え……」

カタン、とパイプ椅子を移動させる音が響いた。早瀬くんは、しっかりと対面する形で自分の椅子を私の椅子へと近付ける。

中途半端な体勢だった体をお互い真正面に向かい合わせると、私の膝と早瀬くんの膝がそっと触れ合った。カウンターの中、至近距離での面接みたいに向かい合って座る私達を、本棚の本達がじっと見守っているようだ。

「他の男子達と遊びに行ってほしくない。たとえ、楠原は友達だって思っていても」

静かな空気を最初に破ったのは、早瀬くんだった。

「え？」

「笑う？」

「わ、笑わない」

「そう」

ふっと微笑む早瀬くん。胸の中の固くて冷たい塊（かたまり）みたいなものが、じんわりと溶けて少しずつなくなっていくような感覚を覚える。

あれ？　なんか……私と似てる。早瀬くんは、高田くんとか木之下くんのことを言ってるんだよね？　だって、私も……。

「はい、楠原の番」

早瀬くんは表情を崩さずに、まっすぐ私を見る。優しい眼ざしだけれど、〝言えない〟なんて絶対に言わせせないような空気をまとって。

「あ……の……」

上目遣いで、おそるおそる口を開く。

「立宮さんに、ま、負けたくない」

「うん」

「は？」

……しまった。かなり簡略化された言葉になって口から飛びだしてしまった。決して、嫌いとか、そういうのじゃないのに。

「なにか勝負してるの？ 言っとくけど、立宮からの告白はすでに断ってるし、そんな」

「そっ、それなりのことっ……」

言葉をさえぎって勢いよく訴えたから、早瀬くんは目を丸くして固まった。

「どっ、どこまでがそれなりのことなのか知らないけど、立宮さんは私より早瀬くんのこと、いっぱい知ってるし、さわ、触ってるし……」

恥ずかしくて恥ずかしくて、目の前に早瀬くんの顔があるのに、私の顔はみるみるうちに赤に染まっていく。言っている内容もひどく幼稚で、ひとりよがりで、分かりづらい。……でも。

「一年生達も、私より立宮さんのほうが早瀬くんに似合ってるって思ってるし、多分、他のみんなも」

止まらない。言いながら、また涙が滲んできた。鼻と喉の奥が痛くなってくる。

「ど、どうせ、私は早瀬くんに似合ってないし、釣り合ってないし……」

あぁ、言葉にして出したら、予想どおりものすごく情けなかった。本音は本音なんだけど、余裕のなさがボロボロと溢れてきて、以前の卑屈さをぶり返したみたいだ。

思わず言葉を切って自分の膝に視線を落とすと、早瀬くんが、

「それで？」

と続きを促した。私はきゅっと下唇を噛む。

「以上？　全部出しきった？　言いたいこと」

ちらりと視線を上げて早瀬くんの顔を覗き見ると、穏やかで落ち着いた優しい顔。その様子に、またひとりで取り乱していた自分が浮き彫りになったようで、情けなくて仕方なくなった。

「うん……とりあえずは……」

顔を上げられないまま、呟きトーンで返事をすると、

「そっか。じゃあ、質問いい？」

と言って、早瀬くんが咳ばらいをする。

「え？　あ……うん」

「立宮が楠原より俺のこと知っていたら、俺と別れたい？」

「えっ……？」

「周りが似合わないって言ったら、別れたい？　どうせ似合わないんだからって言って、別れたいの？　楠原は」

淡々と詰めるように聞いてくる早瀬くん。私は〝別れる〟というリアルで直接的な言葉に過剰に反応してしまって、

「や……いや、違っ……」

と狼狽する。

どうしよう、違う。違うのに。そういう意味で言ったんじゃないのに。

早瀬くんの目を見て、何度も何度も首を振る。じわりと、もう玉にもならない涙が目尻に滲む。

「ハハ、ごめん。イジワル言った」

ムニ、と緩く頬をつままれる。そして至近距離まで顔を寄せ、

「俺も、楠原が他の男達と遊びに行きたいって言っても、高田に俺が彼氏だって公言してくれなくても、別れたくないよ」

と言う早瀬くん。ポーカーフェイスが崩れるのはうれしいけど、この笑顔はちょっと……怖い。

「あ、あにょ……」

話そうとするも、頬をつままれたまま、チュッとわざと音を立ててキスされる。一回離して、二回目はほんの少しだけ下唇を噛まれた。

「…………っ！」

「立宮に妬いたの？」

「…………う」

近付いた顔に下から覗きこまれ、なんだかすごく高圧的な尋問を受けているような気分になる。

「押し倒した、って本人から聞いたんだね。まぁ立宮なら言いかねないけど」

「…………」

「なにされたか聞きたい？」

おでことおでこがくっつくくらい、さらに早瀬くんが近付いてくる。私は小刻みに首を横に振った。

「ダメ、教えてあげるよ。アイツ、女らしからぬバカ力で俺をはがいじめにして。そんで、俺のシャツを脱がして」

「やっ、き、聞きたくな……」

「抱きついてきて」

「や」

なおも続ける早瀬くんに、耳をふさぎたくなる。

「キスしてきそうになったから」

「も……」

「思いっきり、頭突きした」

……え？

「アレはマジで痛かった」

早瀬くんは思い出しながら、なぜかツボにハマったらしく、クスクスと笑いはじめた。真実と、あまり見ない光景に唖然とする。

「ホントかどうか確かめたかったら、立宮本人に聞いてもいいよ。まぁ、アイツにとっても恥だろうけど」

「………」

目を大きくして早瀬くんの言っていることを飲みこもうとしていると、早瀬くんは私の頭をポンポンと撫でるように叩き、優しく微笑んだ。図書室の張りつめた空気がふっと緩み、私は自分の幼稚さを感じながらも、数十分前とは比べものにならないほど心が軽くなっているのを実感した。

「負けたくないもなにも、最初から試合になってないし」

「……うん」

「立宮にも、その時ちゃんと〝好きな人がいる〟って言って断ったし、今じゃホントに友達だし」

「うん」

早瀬くんの言葉に、ひとつひとつ頷く。

「誰かが似合わないって言っても、気持ちの持ち主は俺らなんだから、不安になったら、ちゃんと話して。俺に聞いて」

あぁ……早瀬くんにはやっぱり敵わない。魔法使いみたいに、私でさえ気付いていなかったほしい言葉をプレゼントしてくれる。

「相手にとっては〝そんなこと〟ってことでも、自分にとっては大事だったりするよね、結構」

私の濡れた目のふちを親指でこすって拭ってくれながら話す早瀬くん。早瀬くんでもそんなふうに思うことがあるのかと思ったら、なんだか固く結びすぎてしまっていたヒモがするりとほどけたみたいに、肩の力が抜けたような気がした。だからだろうか、

「よかった。最近触ってくれないから、愛想尽かされたのかと思ってた」

と、いろんなことにまぎれて隠れていた小さな不安までも、思わずポロリと口をついて出てしまった。

「…………」

まるで一時停止のボタンを押したかのように、直立不動で私を見つめる早瀬くん。

「あれ？　あ、あの……ごめん、変なこと言って」

「……いや。それだけは想定外だったから、ちょっと驚いただけ」

抑揚もなくそう返した早瀬くんは、相変わらず読めない表情。でも珍しく驚いているると言う早瀬くんに、ふっと笑ってしまった。

「楠原、いいの？」

「え？」

ゆっくり、また早瀬くんの顔が近付いてきて、影をつくったかと思うと、そのまま、彼の唇が私に優しく触れた。

あ、キス……のことか。ていうか、さっきもなにも言わずにしたから、べつに聞かなくても……。なんてごちゃごちゃ考えていたら、そっと離れた早瀬くんが、

「集中して」

と言って、コツリと額を当てる。かと思うと、次の瞬間にはまるで捕獲するように

私を腕の中に閉じこめて密着させ、今までされたことのないような角度でキスされる。

「………っ！」

流れるような動作の中、はっきり伝わる心臓の鼓動と体温、そしてリアルな唇の感触。驚きすぎて、目をこれでもかというほどぎゅっと瞑り、私は両手とも拳をつくった。離されたかと思うとまた頭を引き寄せられ、角度を変えられながらもキスは続く。いつも短く触れるだけだったから、一回の中で何回もするなんて、こんなキスは知らなかった。

頭の中はパニックなのに、でも一方では、力んでいた体がなぜかゆっくりほどけていく感じがして、緊張よりも心地よさが勝ってきだす。フワフワして、ユラユラして、ここは図書室だというのに、まるで温水の中に浸かって漂っているかのような錯覚さえしてくる。

ようやく顔を離した早瀬くんが、私の表情をうかがうように覗きこむ。沈黙の中で私もゆっくり早瀬くんの目を見返すと、彼は「ここ図書室なのに、なにしてるんだろうね」と、笑いながら言った。

……そうだ。図書室で、こんな……。

人が来たら、どうするつもりだったんだろう。そう考えて赤面していたら、頭をぐいっと早瀬くんの胸に引き寄せられる。

「楠原があんまりかわいいから」

そう言って私の頭をくしゃっと撫でる早瀬くん。腰が引けたままの私は、おでこに当たる早瀬くんの鎖骨と、頭上の早瀬くんの顎と、体から響く声の振動を感じて、またもや瞬時に落ち着きをなくしてしまった。

と、その時。カラカラとドアの音がして、図書室の中に廊下の外気が入りこんできた。

「…………っ！」

咄嗟に反応した早瀬くんは、私を引っ張ってカウンターに隠れる。顔を見合わせると、シー……ッという仕草をする早瀬くん。急だったこともあるけれど、超密着状態でせまい所にしゃがみこんだことで、先ほどにも増して動悸が激しくなった。

「果歩りんちゃ……あれ？」

あ、この声……高田くんだ。そう気付くと、しゃがみながら正面で向かい合っている早瀬くんが、チラリと私の目を見る。

「すみませーん、図書委員さーん」

古い木の床を軋ませ、高田くんの足音と声がこちら側に近付いてくる。

「おーい」

「あっ、はい！　ごめんなさい」

私は緊張と罪悪感に耐えかねて、カウンターからひとりだけ顔を出してしまった。

「おわっ！　びっくりした。そんなとこにいたの？　果歩りんちゃん」

「あ……ちょっと、下の棚の整理をしてたから」

驚く高田くんに適当なウソをつく。高田くんは私の目の前まで来て、「びっくりしたよー」と繰り返した。いまだに隠れている早瀬くんに目をやると、窮屈ながらも楽な姿勢に体をずらし、カウンターの内側に寄りかかっている。

「高田くん、部活は？」

「俺、テスト悪くて居残りさせられてたから、今からなんだ」

「そうなんだ」

「でさっ、今度のカラオケのことなんだけどさ」

「あ……」

「俺達は遅れていくから、女子だけで先に行っといてくれないかな？　深沢達にも言っといてよ。そうそう、場所は……」

高田くんが、流れるように説明を続ける。

『他の男子達と遊びに行ってほしくない。たとえ、楠原は友達だって思っていても』

さっき、早瀬くんに言われた言葉が鮮明によみがえる。チラリと下の早瀬くんを盗み見ると、彼は全然こっちを見ていなくて、けだるげに頭を傾けていた。

「高田くん」

意を決して、まだしゃべり続けている高田くんをさえぎる。

「ごめんなさい。行けない……私」

「え？　なんで？」

きょとんとした高田くんが、すぐに聞き返してくる。私は怯みそうになるも、

「え……っと……私、彼氏がいるから」

と続けた。

「知ってるよ。でも、牧野だって彼氏がいても来てるし、友達なんだからそこまで構えなくてもよくない？」

「……や、あの……」

高田くんの押しの強さに負けそうになる。早瀬くんに助けを求めようかと一瞬頭をよぎったけれど、ここは自分で解決すべきだと思い直し、カウンターにかけている手に力を入れた。

「じ、自分がされてイヤなことは、人にしちゃいけないからっ」

「へ？」

咄嗟に出てしまった言葉は、小学生の学級目標みたいな、なんとも幼稚なものになってしまった。

「ふっ」

下で肩を揺らしている早瀬くんが視界に入る。

「いやっ、あの、私も早瀬くんがそうしたらイヤだなって思うから。だから、私もしないことに……決めて。決めたから……」

しどろもどろになりながらも、懸命に説明する。すると、高田くんが三回続けて瞬きをして、

「早瀬？」

と首を傾げた。あ、思わず、名前を出しちゃった……。

「早瀬って、あのはや……」

「高田、ごめんだけど、そろそろあきらめて」

「うわっ！」

いきなりカウンター下からぬっと出てきた早瀬くんに、高田くんは叫び声を上げた。腰を抜かして、後ろへ尻もちをつく。

「ちょっ、心臓に悪っ！　なに？　なにしてんの？　そんなとこで、お前」

「下の棚の整理。図書委員だから」

私の隣で早瀬くんがにっこりと笑う。他の人にこんな笑顔を見せているの、初めて見た。でも、やっぱり笑っているのに……なんか怖い。

「果歩りんちゃ……の彼氏って……」

「……うん」

横目でチラリと早瀬くんを見ると、彼は、

「俺のだから、もう触んないでね」

と、カウンターに両腕をつき、尻もちをついている高田くん覗きこみながら、とても優しい声で言った。

「マジ……?」

「マジ」

高田くんに笑顔でそう答える早瀬くんは、「深沢も牧野も陽平も、みんな知ってるよ」と追い打ちをかける。

「はっ!? ひでぇ、アイツら」

ようやく立ちあがりながらも、怒りとショックで若干涙目の高田くん。そして、その矛先は早瀬くんへと向けられ、

「つーか、早瀬も早瀬だろ」

とつっかかってきた。すると、早瀬くんは、

「あの時、なに言ってたか、今ここで言っていいの?」

と、首を傾げる。

「やっ、ダメ！　ごめん、お願い。ごめんなさい」

急に慌てふためきだした高田くんが、今度はすがるように早瀬くんに謝る。

あれ？　このふたりって接点ないはずだけど、なにかあったのかな？

珍しいふたりのかけ合いに、よく分からない私はただ横から見ていることしかできない。

ひと悶着（もんちゃく）があった後、高田くんは、

「じゃ、果歩りんちゃん、バイバイ」

と言って逃げるように図書室を出ていった。図書室にまた、時計の音しか響かないような静寂が戻る。なんだか今日はいろいろある日だな、と思いながら、私はようやく、ふう……と息を吐くことができた。

「そろそろ行こうか」

高田くんを見送った後も、そのままカウンターに肘をついていた早瀬くんが言った。

「どこに？」

「俺の家」

「え？」

きょとんとした私は、あれ？　そんな話したっけ？　と思い返す。

「楠原が言ったんだよ。ふたりっきりになって恋人らしいことしたい、って」

「えっ？　それはっ……」

たしかに言ったけれど、それは話の流れ上、撤回されたとばかり思っていた。ぶりかえされる話題と恥ずかしさに、目で早瀬くんに訴えかける。

「俺は断ってないよ、べつに。むしろ、願ったり叶ったりというか」

早瀬くんは、図書委員の締めの作業に取りかかりながら、なんてことのないように続ける。イジワルなんだけどストレートだから、反応に困ってしまう。

「え、っと……」

「楠原の気持ちも分かったし、そろそろ、恋人同士としてそれなりのことも練習していかないとね」

涼しげな顔でそう続ける早瀬くん。カウンターを出て、戸締まりをどんどん済ませていく。それなりのこととは、さっきのキスの続きのことを指しているのだろうか。そう考えを巡らせると、勝手にどんどん体温が上昇していく。心拍数も跳ね上がっていく。

「あ、の……早瀬くん？　冗談だよね？」

「冗談って言ってほしい？」

「や、あの……」

カウンターに戻ってきて、私の後ろの窓のカギを最後にかけた早瀬くんは、

「お困りのところ悪いけど、冗談だよ、って言ってあげられない」

と言った。私は早瀬くんと目が合わせられないまま、赤面のピークに達した顔で硬直してしまった。

「………………」

カタン……と早瀬くんが自分の座っていた椅子を畳む音の横で、私はひたすら考える。だからその時、早瀬くんが笑っていることに気付かなかった。

「……楠原、あのさ」

「がんばるっ！」

「え？」

ようやく自分の中で覚悟という気持ちを勝ち得た私は、まるでファイティングポーズを取るように両拳を握り、早瀬くんに「がんばる、私。できる限り」と宣言した。

「ぶっ」

そのとたん、今まで見たことのないような噴きだし方をした早瀬くん。クックッと肩を揺らして、手の甲で口を押さえている。

「な……なに？」

「いや、お手やわらかに」

帰り道は、今までになくカチコチに固まりながら歩いた。手と足が一緒に出てもおかしくない挙動不審さで、早瀬くんに話しかけられても空返事で。いつもの足音も、まるでカウントダウンのように緊張をあおる。だから、ふいに早瀬くんに手を握られたことで、必要以上に驚いて「わっ」と声を上げてしまった。

「ダメだった？　手」

「ダ、ダメじゃないよ。全然大丈夫」

上の空すぎて普段どおりがまったくできない私を、早瀬くんは穏やかな顔で見下ろす。そして、

「楠原のイヤがることするつもりはないから、安心して」

と言った。

「え？」

「楠原には嫌われたくないから」

さらりとそう続ける早瀬くん。

「……うん」

恥ずかしさに嬉しさが追いついて、私はうつむきながら返事をした。つながれた早瀬くんの手と私の手が、だんだん同じ温度になっていく。ちょっとずつ緊張がほどけていく。

「……でも、よかった。〝それなりのこと〟って、すごく気になってたから……」

心が落ち着いてくると、素直な気持ちが口をついて出てきた。ようやく笑顔を向けると、予想に反して早瀬くんは首を傾げ、「ん？」という顔をする。私は覚えていなさそうな早瀬くんに、以前あったやりとりを説明する。

「あぁ……でも俺、〝それなりのこと〟の内容なんて言ったっけ？」

「え？　立宮さんのことじゃないの？」

「あ、そういうことになってるの？　楠原の中で」

……あれ？

「…………」

「…………」

妙な沈黙と違和感を持て余しながら、ふたりとも歩みを進める。早瀬くんは相変わらずのポーカーフェイスで、なにを考えているのか全然分からない。

「……もしかして……違った？」

おそるおそる聞いてみると、

「いいよ、そういうことにしておいて」

と、今度は有無を言わせぬようなつくり笑顔が返された。ミステリアスで、どこか私を試すような笑顔だ。

「あれ？　まさかウソ？　それとも別に、なにか……」

「聞きたい？」

早瀬くんが悪びれもなく聞いてくる。でも、私はなんだか悔しくなってしまって、

「いや、やっぱりいい」

と返した。

早瀬くんは少し意外そうな顔をした後で、またふわりと笑った。自分でも意外なことに、もうそんなに気にならなくなっていた。

「残念。妬いてほしかったんだけど」

早瀬くんはまたリアクションに困るようなことを言いながら、握っている私の手の甲を親指の腹でわざと撫でる。

「私にもあるし。それなりのこと」

仕返しのつもりで、強がってウソをつく。いつも早瀬くんのペースに持っていかれているんだから、これくらいはいいだろう。

「ふーん……」

なのに、チラリと見上げると、早瀬くんは笑いを噛み殺しながら肩を揺らしていた。

そして、「ホントだよ」とムキになる私のつむじに、すかさずキスを落とす。

「……っ！」

「これだけで真っ赤になる楠原にも、それなりのことがあるんだね」

あぁ……私はいい加減に悟るべきだ。早瀬くんを困らせることなんてできないと。

握っていないほうの手で赤面顔を冷やしながら、心の中で白旗を上げる。

……でも、繋がれた早瀬くんの手の力が強くなったような気がするのは、気のせいだろうか。

「…………」

夕暮れの帰り道、不ぞろいなふたり分の足音。ほのかな緊張と、気恥ずかしさと、うれしさとが入り交じる中、私はうつむきながらほんの少し含み笑いをした。

あとがき

この本を手に取っていただき、また最後までお付き合いくださいまして、本当にありがとうございます。

この作品は、何年も前に別名義で本にしていただいた作品です。今回、こちらのレーベルから再度出していただけるということで、かなり修正を入れさせていただきました。

数年ぶりに読み返してみたのですが、あまりの拙さに衝撃を受けました。いちいち声を上げ、恥ずかしさに身悶えしながらの編集作業でした。

けれども、この作品で伝えたいことは変わっていません。シンプルすぎて聞き飽きてしまった努力目標ほど難しく、経験や年を重ねるほどその大切さがわかりつつも実行できなかったりします。だからこそ、果歩のように、変わりたいと思うことを出発点に、実際に変える努力や行動に移していくことを、いっそう心に留めておきたいなと思っています。

ひとつ前に出していただいた『放課後美術室』もそうなのですが、こちらの『放課後図書室』も、学校の中の異空間というか、独特の雰囲気を、少しでも感じてもらえたらと思って書いていました。

この作品のモデルにしていたのは、自分の母校である小学校の図書室です。古かったこともあって卒業後に建て直され、あの床の木の軋む音や、カウンターの背後の大きな窓や、カラカラと響いていた入り口のドアもなくなってしまいましたが、その大好きだった図書室の思い出をこの本に閉じ込めることができて嬉しく思っています。

たぶん何年後かに読み返したとき、今より多少は成長しているであろう自分は、修正したはずのこの本の拙さに身悶えすることになるとは思いますが、ありきたりな努力目標と母校の図書室を思い返させてくれると思ったら、ちょっと楽しみでもあります。

最後に、この作品を読んでくださった皆さま、担当編集者さまをはじめスターツ出版の方々、ならびにエブリスタの担当者さま、『放課後美術室』に続き、今回もすばらしい表紙を描いてくださった長乃さま、書籍化に携わってくださったすべての方々に、心から感謝申し上げます。本当にありがとうございました。

また、他作品でお目にかかれたら嬉しく思います。

二〇一七年三月　　麻沢　奏

この物語はフィクションです。実在の人物、団体等とは一切関係がありません。

麻沢 奏先生へのファンレターのあて先
〒104-0031　東京都中央区京橋1-3-1　八重洲口大栄ビル7F
スターツ出版(株) 書籍編集部 気付
麻沢 奏先生

放課後図書室

2017年3月28日　初版第1刷発行
2022年9月15日　　　第8刷発行

著　者　　麻沢 奏　

発 行 人　　菊地修一
デザイン　　西村弘美
D T P　　株式会社エストール
発 行 所　　スターツ出版株式会社
〒104-0031
東京都中央区京橋1-3-1　八重洲口大栄ビル7F
出版マーケティンググループ　TEL03-6202-0386
(ご注文等に関するお問い合わせ)
URL　https://starts-pub.jp/
印 刷 所　　大日本印刷株式会社

Printed in Japan

ISBN　978-4-8137-0232-0　C0193

スターツ出版文庫　好評発売中!!

『青空にさよなら』　実沙季（みさき）・著

高校に入学して間もなく、蒼唯はイジメにあっているクラスメイトを助けたがために、今度は自分がイジメの標的になる。何もかもが嫌になった蒼唯が、自ら命を絶とうと橋のたもとに佇んでいると、不思議な少年に声を掛けられた。碧と名乗るその少年は、かつて蒼唯と会ったことがあるというが、蒼唯は思い出せない。以来、碧と対話する日々の中で、彼女は生きる望みを見出す。そしてついに遠い記憶の片隅の碧に辿り着き、蒼唯は衝撃の事実を知ることに──。

ISBN978-4-8137-0154-5 ／ 定価：本体560円＋税

『笑って。僕の大好きなひと。』　十和（とわ）・著

冬休み、幼なじみに失恋し居場所を失った環は、親に嘘をつき、ある田舎町へ逃避行する。雪深い森の中で道に迷ったところを不思議な少年・ノアに助けられる。なぜか彼と昔会ったことがあるような懐かしい感覚に襲われる環。一緒に過ごす時間の中で、ノアの優しさに触れて笑顔を取り戻していく。しかし、彼にはある重大な秘密があった…。それは彼との永遠の別れを意味していた―。第1回スターツ出版文庫大賞にて大賞受賞。号泣、ラスト愛に包まれる。

ISBN978-4-8137-0189-7 ／ 定価：本体560円＋税

『夕星の下、僕らは嘘をつく』　八谷（はちや） 紬（つむぎ）・著

他人の言葉に色が見え、本当の気持ちがわかってしまう──そんな特殊能力を持つ高２の晴は、両親との不仲、親友と恋人の裏切りなど様々な悲しみを抱え不登校に。冬休みを京都の叔母のもとで過ごすべく単身訪ねる途中、晴はある少年と偶然出会う。だが、彼が発する言葉には不思議と色がなかった。なぜなら彼の体には、訳あって成仏できない死者の霊が憑いていたから。その霊を成仏させようと謎を解き明かす中、あまりにも切ない真実が浮かび上がる…。

ISBN978-4-8137-0177-4 ／ 定価：本体620円＋税

『天国までの49日間』　櫻井（さくらい）千姫（ちひめ）・著

14歳の折原安音は、クラスメイトからのいじめを苦に飛び降り自殺を図る。死んだ直後に目覚めると、そこには天使が現れ、天国に行くか地獄に行くか、49日の間に自分で決めるように言い渡される。幽霊となった安音は、霊感の強い同級生・榊洋人の家に転がり込み、共に過ごすうちに、死んで初めて、自分の本当の想いに気づく。一方で、安音をいじめていたメンバーも次々謎の事故に巻き込まれ──。これはひとりの少女の死から始まる、心震える命の物語。

ISBN978-4-8137-0178-1 ／ 定価：本体650円＋税

スターツ出版文庫　好評発売中!!

『そして君は、風になる。』　朝霧（あさぎり） 繭（まゆ）・著

「風になる瞬間、俺は生きてるんだって感じる」――高校１年の日向は陸上部のエース。その走る姿は、まさに透明な風だった。マネージャーとして応援する幼なじみの柚は、そんな日向へ密かに淡い恋心を抱き続けていた。しかし日向は、ある大切な約束を果たすために全力で走り切った大会後、突然の事故に遭遇し、柚をかばって意識不明になってしまう。日向にとって走ることは生きること。その希望の光を失ったふたりの運命の先に、号泣必至の奇跡が…。

ISBN978-4-8137-0166-8 ／ 定価：本体560円＋税

『夢の終わりで、君に会いたい。』　いぬじゅん・著

高校生の鳴海は、離婚寸前の両親を見るのがつらく、眠って夢を見ることで現実逃避していた。ある日、ジャングルジムから落ちてしまったことをきっかけに、鳴海は正夢を見るようになる。夢で見た通り、転校生の雅紀と出会うが、彼もまた、孤独を抱えていた。徐々に雅紀に惹かれていく鳴海は、雅紀の力になりたいと、正夢で見たことをヒントに、雅紀を救おうとする。しかし、鳴海の夢には悲しい秘密があった――。ラスト、ふたりの間に起こる奇跡に、涙が溢れる。

ISBN978-4-8137-0165-1 ／ 定価：本体610円＋税

『あの夏を生きた君へ』　水野（みずの）ユーリ・著

学校でのイジメに耐えきれず、不登校になってしまった中２の千鶴。生きることすべてに嫌気が差し「死にたい」と思い詰める日々。彼女が唯一心を許していたのが祖母の存在だったが、ある夏の日、その祖母が危篤に陥ってしまいショックを受ける。そんな千鶴の前に、ユキオという不思議な少年が現れる。彼の目的は何なのか――。時を超えた切ない約束、深い縁で繋がれた命と涙の物語。

ISBN978-4-8137-0103-3 ／ 定価：本体540円＋税

『放課後美術室』　麻沢（あさざわ） 奏（かな）・著

「私には色がない――」高校に入学した沙希は、母に言われるがまま勉強漬けの毎日を送っていた。そんな中、中学の時に見た絵に心奪われ、ファンになった“桐谷遥”という先輩を探しに美術室へ行くと、チャラく、つかみどころのない男がいた。沙希は母に内緒で美術部に仮入部するが、やがて彼こそが“桐谷遥”だと知って――。出会ったことで、ゆっくりと変わっていく沙希と遥。この恋に、きっと誰もが救われる。

ISBN978-4-8137-0153-8 ／ 定価：本体580円＋税